Les Éditions du Boréal
4447, rue Saint-Denis
Montréal (Québec) H2J 2L2
www.editionsboreal.qc.ca

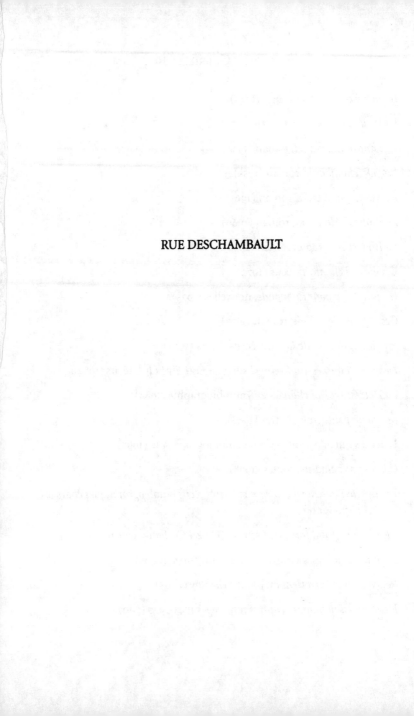

RUE DESCHAMBAULT

ŒUVRES DE GABRIELLE ROY

Bonheur d'occasion, roman (1945).

La Petite Poule d'Eau, roman (1950).

Alexandre Chenevert, roman (1954).

Rue Deschambault, roman (1955).

La Montagne secrète, roman (1961).

La Route d'Altamont, roman (1966).

La Rivière sans repos, roman (1970).

Cet été qui chantait, récits (1972).

Un jardin au bout du monde, nouvelles (1975).

Ces enfants de ma vie, roman (1977).

Fragiles Lumières de la terre, écrits divers (1978).

De quoi t'ennuies-tu, Éveline ? suivi de *Ély ! Ély ! Ély !*, récits (1984).

La Détresse et l'Enchantement, autobiographie (1984).

Ma chère petite sœur, lettres (1988).

Le temps qui m'a manqué, récit autobiographique (1997).

Contes pour enfants, contes (1998).

Le Pays de Bonheur d'occasion et autres récits autobiographiques épars et inédits (2000).

« Mon cher grand fou… ». Lettres à Marcel Carbotte 1947-1979 (2001).

Femmes de lettres. Lettres à ses amies 1975-1978 (2005).

Rencontres et entretiens avec Gabrielle Roy (2005).

Heureux les nomades et autres reportages 1943-1970 (2007).

Gabrielle Roy

RUE DESCHAMBAULT

roman

Nouvelle édition

Boréal

Les Éditions du Boréal remercient le Conseil des Arts du Canada ainsi que le ministère du Patrimoine canadien et la SODEC pour leur soutien financier.

Certaines circonstances de ce récit ont été prises dans la réalité ; mais les personnages et presque tout ce qui leur arrive sont jeux de l'imagination.

Illustration de la couverture : L. L. Fitzgerald, *Vue depuis une fenêtre à l'étage en hiver* (détail), Musée des Beaux-Arts du Canada.

Diffusion au Canada : Dimedia
Distribution et diffusion en Europe : Les Éditions du Seuil

Données de catalogage avant publication (Canada)

Roy, Gabrielle, 1909-1983

Rue Deschambault

(Boréal compact ; 46)

2e éd.

Éd. originale : Québec : Éditions françaises, 1972.

Comprend des réf. bibliogr.

ISBN 2-89052-577-5

I. Titre. II. Collection.

PS8535.O95R8   1993   c843'.54   C93-096944-8
PS9535.O95R8   1993
PQ3919.R69R83   1993

LES DEUX NÈGRES

I

Lorsqu'il fit construire la nôtre, mon père prit comme modèle la seule autre maison qui se trouvait alors dans cette petite rue Deschambault sans trottoir encore, fraîche comme un sentier entre des buissons d'aubépine, et, en avril, toute remplie du chant des grenouilles. Maman était contente de la rue, de la tranquillité, du bon air qu'il y avait là pour les enfants, mais elle protesta contre l'imitation servile de la maison — un peu éloignée de la nôtre heureusement — de notre voisin, un M. Guilbert, collègue de mon père au ministère de la Colonisation, par ailleurs son ennemi en politique, car papa était demeuré passionnément fidèle à la mémoire de Laurier, au lieu que M. Guilbert, à l'avènement du parti conservateur, avait « retourné son capot ». Les deux hommes avaient de grosses chicanes à ce sujet. Mon père s'en revenait en mâchonnant sa petite pipe de plâtre. Il annonçait à ma mère :

— C'est fini, je n'y remets plus les pieds. Ce vieux fou, avec son gouvernement de Borden !

Ma mère l'approuvait :

— Eh oui, reste donc chez toi plutôt que d'aller chercher chicane à tout bout de champ.

Seulement, pas plus que mon père avec M. Guilbert, ma mère ne pouvait se passer d'escarmouches avec Mme Guilbert.

Celle-ci était de Saint-Hyacinthe, dans le Québec, et elle en faisait grand cas. Mais surtout elle avait une façon de vanter ses propres enfants, qui, en les exaltant, paraissait rabaisser ceux de maman. « Mon Lucien est presque trop appliqué, disait-elle ; les Pères me disent qu'ils n'ont jamais vu un enfant tant travailler. »

Ma mère rétorquait : « Les Pères me disaient encore hier que mon Gervais est tellement intelligent que tout lui vient sans travail ; il paraît que ça non plus ce n'est pas très bien. »

Contre ce que ma mère appelait les « pointes » de Mme Guilbert, elle se défendait bien. Malgré tout cela — ou peut-être à cause de cela — nos deux familles pouvaient à peine se passer l'une de l'autre.

Souvent, le soir, maman sortait sur la galerie ouverte de notre grande maison, et elle disait à ma sœur Odette :

— Mon souper est prêt. Va donc avertir ton père qui est encore chez les Guilbert. Ramène-le avant que ne prenne la chicane.

Odette partait à travers champs. En arrivant chez les Guilbert elle y trouvait mon père, pipe au bec, appuyé à la barrière de nos voisins, qui discourait placidement avec M. Guilbert de rosiers, de pommiers et d'asperges. Tant que les deux hommes en étaient sur ce sujet, il n'y avait rien à craindre et M. Guilbert prenait assez volontiers l'avis de mon père qu'il reconnaissait plus expérimenté que lui-même en horticulture. Mais Odette apercevait le visage de Gisèle à une fenêtre de la maison. Gisèle criait :

— Attends-moi, Odette, je descends. Je voudrais te montrer mon *tatting*.

En ce temps-là, elles se livraient toutes les deux furieusement, quand ce n'était pas au piano, à une sorte de dentelle qui se faisait avec une navette et qui, il me semble bien, s'appelait du *tatting*.

Ma mère envoyait alors mon frère Gervais voir ce qui pouvait retenir là-bas mon père et Odette. Gervais rencontrait au bout des champs son condisciple au collège, Lucien Guilbert, et celui-ci entraînait mon frère derrière une vieille grange pour fumer une cigarette ; bien entendu, Mme Guilbert prétendit toujours que c'était Gervais qui avait incité Lucien à fumer.

Ma mère, exaspérée, m'envoyait les chercher tous. Mais il m'arrivait de rencontrer le chien des Guilbert, et l'on se mettait à jouer parmi la folle avoine ; de tout ce clan, parfois en brouille, parfois si bien lié, je pense qu'il n'y avait que moi et le chien Guilbert à ne jamais changer d'humeur.

Finalement, ma mère arrachait son tablier et, par le sentier, s'en venait nous réprimander :

— Mon souper qui est prêt depuis une heure !

Alors Mme Guilbert sortait sur sa galerie, et elle disait aimablement :

— Mon doux ! restez donc à souper, puisque vous voilà tous là.

Car Mme Guilbert, quand on lui concédait tous ses droits de supériorité et de distinction, était une très agréable personne.

Cependant, il était difficile pendant toute une soirée de ne pas mettre Sir Wilfrid Laurier sur le tapis ; ou encore de ne pas trancher une fois pour toutes quel garçon avait entraîné l'autre à fumer ; en somme, nous revenions assez souvent de ces bonnes soirées amicales fâchés contre les Guilbert.

Nous en étions là, ma foi assez heureux tous ensemble, lorsque l'inconnu entrant dans nos vies d'une manière toute fantastique y introduisit des relations plus difficiles, mais combien plus intéressantes !

II

Ni les uns ni les autres n'étions alors fortunés : la nécessité nous faisait parfois assez durement sentir sa griffe, et ma mère avait pris l'habitude de dire : « Il faudrait se résoudre à louer une chambre. La maison est si grande qu'on s'en apercevrait à peine. » Mais ma mère se mettait à craindre le personnage louche ou le pauvre manœuvre que l'on verrait chaque soir entrer chez nous noir et crotté.

En disant cela, elle avait si bien l'air de sentir peser sur elle la désapprobation de Mme Guilbert que nous riions tous un peu de maman, car, en d'autres temps, elle savait relever la tête et déclarer « qu'elle avait pour elle sa bonne conscience... », que « du qu'en dira-t-on, elle faisait fi royalement... »

Son locataire devenait de plus en plus idéal. Cet homme-là devrait se coucher de bonne heure, ne rien boire de fort, être tranquille, ni trop jeune, ni trop vieux... et si possible distingué.

À force de l'entendre tomber des lèvres de Mme Guilbert, ma mère l'exécrait, ce mot, mais elle tâchait d'en tourner le sens en faveur de ce qui pour elle était la distinction.

Cependant, où trouver cet homme précieux qui nous donnerait de l'argent et ne nous embêterait aucunement ! Qui serait en somme, comme le voulait maman, à la fois invisible et distingué !

Sur ces entrefaites, mon frère aîné, Robert, nous arriva tout feu tout flamme. Il travaillait, ainsi que l'aîné des fils Guilbert, Horace, au service de Sa Majesté, dans le fourgon des malles dont le trajet était Winnipeg-Edmonton. C'était un vrai diable, très exubérant. Mme Guilbert opposait toujours à notre Robert son Horace, tellement prévoyant, qui mettait de côté, qui ne prenait jamais une goutte de scotch...

— J'ai trouvé le locataire qu'il vous faut, dit Robert à maman ; une perfection !

— Vraiment ?

— Eh oui.

— Qui ne boit pas ?

— Pas une goutte.

— Qui ne fume pas ?

— Qu'un cigare à Noël.

— Mon doux ! dit maman, qui pâlissait de se voir ainsi prise au mot par la chance.

— Et ce qu'il y a de mieux, fit Robert, c'est que ce type n'occuperait sa chambre chez nous qu'un ou deux jours par semaine, mais il la paierait en entier...

— Et le reste du temps... où sera-t-il cet homme ? demanda maman.

— Par-ci par-là, dit Robert en riant pour voir l'air de maman ; de temps en temps à Vancouver... ou à Edmonton... Mais rassure-toi ; c'est un très honorable employé du Canadien Pacifique.

— Ah ! bon... et tu le trouves bien de sa personne ?

— Un air de président... pieux, dit Robert.

— Un président et pieux ! Et il s'appelle ?

— Jackson.

— Un Anglais ?

— Par la langue, si tu veux... dit Robert, mais en réalité, et c'est même la seule petite ombre au tableau, si je peux dire, Jackson est Nègre.

— Un Nègre ! Ah non ! par exemple. Jamais de la vie !

Ma mère avait jeté un regard vers la maison voisine. Et c'était tellement comme si elle avait dit : « Qu'est-ce que Mme Guilbert en penserait ! » que nous avons tous pris le temps de regarder de ce côté-là, gravement.

Néanmoins, ma mère se fit à cette idée ; au fond, je le pense, sa curiosité fut plus forte que tout autre sentiment ; Dieu merci ! elle était presque aussi curieuse que Mme Guilbert. Peu après, je me souviens, c'était une éclatante journée de juin, et nous étions tous postés aux fenêtres — moi en haut, dans le grenier — pour voir arriver notre Nègre.

Un peu avant, maman avait murmuré : « Quand même, j'aurais presque mieux aimé le voir arriver la nuit ! »

De jour, dans notre petite rue si peu passante et par un soleil rayonnant, le fait est qu'il fut extrêmement visible ce grand et beau Noir, tout de noir habillé, et muni de sa petite valise de *porter*.

Il eut l'air heureux en arrivant devant notre maison ; d'un coup d'œil il embrassa les trois petits pommiers en fleurs, la galerie spacieuse avec sa rangée de chaises berceuses, la couleur fraîche de la peinture et jusqu'à ma frimousse qui le guettait. À mon intention, il roula tout le blanc extraordinaire de sa prunelle. Je descendis les marches quatre à quatre, pour voir comment maman accueillerait le Nègre. Et maman, dans l'embarras peut-être de recevoir un Nègre comme il faut, lui tendit la main, la retira à demi, tout en esquissant une espèce de révérence, et elle lui dit :

— *Welcome, Mister Jackson from C.P.R.,* n'est-ce pas ?

Ensuite elle le conduisit à sa chambre. Peu après elle descendit ; enfin c'était fait : notre Nègre était chez nous. On pouvait penser, passer à d'autres affaires, comme disait ma mère. Mais, de toute la journée, le Nègre là-haut ne parut bouger. Ce silence du Nègre nous obligea à faire constamment attention à lui. « Peut-être qu'il dort... » disait l'un. Ou bien : « Il lit sa Bible... » Agnès dit en soupirant : « Il s'ennuie... peut-être... » Et ma mère fronça les sourcils. « On ne peut tout de même pas l'encourager à descendre déjà dans la cuisine... » De temps en temps ma mère allait regarder un peu ce qui se passait du côté des Guilbert, par une fenêtre qui donnait sur leur maison. Là aussi, silence.

— Qu'elle vienne donc ! fit maman. Je suis sûre qu'elle a vu arriver notre Nègre, et qu'elle est à sa fenêtre, se demandant qui il peut être.

Et en effet, vers quatre heures, Mme Guilbert, posément — elle mettait un chapeau aussi bien pour traverser nos champs que pour aller à l'église — Mme Guilbert s'en vint aux nouvelles. Assise chez nous, elle prit son chemin habituel pour assouvir sa curiosité tout en se gardant par distinction de poser des questions directes. Elle dit :

— Puis ?

Maman savait la faire languir.

— Eh oui, dit-elle, quelle chaleur déjà ! Et on n'est qu'au dix-huit juin !...

— C'est chaud, en effet, dit Mme Guilbert. Mais à propos, est-ce que votre visite d'été ne commence pas à arriver ? Il m'a semblé voir quelqu'un entrer chez vous avec une petite valise... comme je posais mes rideaux...

— Oui, c'est une manière de visite, dit ma mère. Je me suis décidée à prendre un locataire.

— Ah ! c'est donc ça ! Figurez-vous, dit Mme Guilbert, que je devais avoir le soleil dans les yeux... quand cette personne... enfin votre locataire a paru au bout de la rue... Un instant, je me suis imaginé voir un Nègre.

— Vous aviez peut-être le soleil dans les yeux, dit ma mère gentiment ; mais vous avez bien vu quand même : c'est un Nègre en effet.

Et alors, maman prit les devants, elle s'installa à l'aise dans un rôle tout neuf.

— J'aurais pu louer ma chambre cent fois, deux cents fois à quelqu'un de blanc, dit ma mère. Ce ne sont pas les Blancs qui manquent par chez nous... Mais, justement, j'ai compris qu'il était plus humain, plus chrétien, si vous voulez, de prendre ce pauvre Nègre que certains, comprenez-vous cela, refuseraient de traiter comme un de leurs semblables. Car enfin, oui ou non, demanda maman, un Nègre a-t-il une âme ?

Éberluée d'abord, Mme Guilbert finit par recouvrer son talent de tac au tac.

— Ta... ta... ta... fit-elle. Allez-vous essayer de me faire croire que c'est par philanthropie que vous avez installé dans notre milieu une personne noire !...

— Non... peut-être pas... dit ma mère en souriant et toute gracieuse. Mais, je vais vous l'avouer, madame Guilbert : à présent que j'ai mon Nègre, je voudrais bien l'avoir accepté dès le début par pure philanthropie, comme vous dites, tant je reconnais avoir bien agi...

À cet instant, Mme Guilbert eut tout l'air d'observer maman avec bienveillance. Et remettant son chapeau, elle laissa tomber du bout des lèvres, comme sans arrière-pensée aucune :

— Au fait... ça doit être payant d'avoir un locataire un ou deux jours par semaine... mais qui va vous donner le prix de toute la semaine, j'imagine !

Maman qui, dans le fond, n'avait pris le Nègre que pour nous procurer un peu d'aisance, continua à sourire, toute contente d'elle-même. Et elle nous fit remarquer :

— Qu'une bonne action rapporte, est-ce donc si étonnant ! C'est dans l'ordre.

III

Cher Nègre ! Il avait l'âme la plus généreuse du monde, et c'est bien grâce à lui que nous avons passé, sans trop souffrir, à travers de graves ennuis pécuniaires, cet été-là qui fut chaud, paresseux, insouciant en véritable été.

À son deuxième séjour chez nous, le Nègre descendit le soir de sa chambre. Il arriva au bas de l'escalier et le nez collé à la moustiquaire de la porte, il nous demanda — nous étions tous assis sur la galerie à prendre le frais — il nous demanda d'une voix profonde s'il pouvait s'asseoir avec nous. Il dit que sur son train de Vancouver il avait fait une chaleur atroce. Il ne voulait d'ailleurs s'asseoir que sur une marche du perron. Ma mère lui accorda une chaise. Alors, de sa poche, le Nègre sortit le premier des nombreux cadeaux qu'il devait nous offrir. C'était une paire de gants blancs ; il la présenta à Agnès, la plus timide, la plus douce de mes sœurs. Nous fûmes tous un peu gênés ; par ailleurs, ne pas accepter au moins ce premier cadeau de notre Nègre lui aurait fait trop de peine. Du reste, Agnès entendait garder les gants.

Cela continua. À chacun de ses séjours chez nous, notre Nègre ne manquait pas de venir s'asseoir sur la galerie. Ma mère avait des giroflées tout autour qui exhalaient leur pleine odeur la nuit. À travers l'eau de Cologne, le talc dont il empestait, le Nègre devait recueillir quelques bouffées de ce parfum plus délicat des fleurs vivantes. Ces soirs-là, roulant ses gros yeux, les pouces plongeant dans les poches de son gilet, heureux, il disait :

— *Smell so goo-ood !*

Il disait aussi !

— *It's fine not to be rollin' across Canada.*

Et il sortit de sa poche un foulard de soie blanc pour mon père ; ensuite des bas de soie blancs pour Agnès encore... presque toujours du blanc. Quant à moi, j'étais devenue son professeur de français. Il me pointait quelque chose, un arbre, une maison, une chaise. Je disais : arbre, maison, chaise... Alors le Nègre mettait la main dans sa poche ; il en sortait un dix-cents qu'il poussait dans la fente de ma tirelire. J'étais payée tous les trois mots. J'entrevoyais que je ferais fortune comme professeur de français.

Cependant les Guilbert avaient de sérieuses difficultés d'argent. M. Guilbert avait dû prendre sa retraite ; la grande maison, si semblable à la nôtre, était hypothéquée ; les enfants aux études coûtaient cher. Lorsqu'elle sut sa voisine tracassée, ma mère eut pour elle de grandes délicatesses. Un jour, elle lui envoya porter du lièvre dont elle disait avoir beaucoup trop, et, une autre fois, comme nous avions reçu une douzaine de poulets d'un de mes oncles de la campagne, maman obligea Mme Guilbert à en prendre la moitié, l'assurant que notre famille ne pourrait les manger assez vite, qu'ils se gâteraient... Mon père ne traitait plus M. Guilbert de vendu au gouvernement Borden ni de vieux fou ; seulement de pauvre fou. Et ma mère un jour proposa à sa voisine :

— Pourquoi ne prendriez-vous pas aussi un locataire, madame Guilbert ? Il n'y a pas de déshonneur à cela...

— Oui, j'y ai songé, soupira Mme Guilbert... mais introduire dans nos maisons, parmi nos grands garçons, nos jeunes filles, un étranger, un personnage étranger, c'est grave, vous comprenez...

— Oui, c'est grave, consentit maman, mais les étrangers sont rarement aussi étrangers qu'on le croit...

— J'ai mis une annonce dans le journal, avoua Mme Guilbert.

Personne ne s'est présenté... Vous savez, les temps sont durs... les locataires rares... Notre petite rue n'est pas très connue...

Et elle demanda :

— Votre Nègre, en somme, vous en êtes contente ?...

— Contente, on ne peut l'être plus ! Pensez, madame Guilbert : il fait son lit lui-même !...

— Ça se comprend, commenta Mme Guilbert, un peu pincée. Un *porter* ! Un homme qui fait le lit des autres ! Il ne manquerait plus, ne trouvez-vous pas, qu'il ne fasse pas le sien !

— Oui, mais j'ai beau chercher quelque chose à ranger dans sa chambre, dit ma mère, et je ne trouve rien ; pas même une cravate, pas même une paire de chaussettes... Je vous le dis, madame Guilbert : les Nègres me paraissent être les hommes les plus soigneux, les plus propres au monde...

— Pour le corps aussi ? fit Mme Guilbert en pinçant un peu les narines.

Ma mère rit.

— C'est même là son seul défaut. Avec lui, ce sont les bains à n'en plus finir. Il nous prend toute l'eau chaude...

— Mais est-il à sa place ?

— À sa place ? Que voulez-vous dire ? dit ma mère. Bien sûr qu'il est à sa place... comme on l'est tous, madame Guilbert, à sa place dans la vie, n'est-ce pas ?... pas aussi riches que les uns... pas aussi pauvres que les autres...

Nous vivions comme à la campagne, en ce temps-là, rue Deschambault. Mais, dans la rue Desmeurons, où notre petite rue aboutissait et qui n'était pas non plus tellement habitée, passait toutes les quinze minutes un tramway jaune. Il en descendait peu de monde pour la rue Deschambault : vers six heures habituellement, mon père revenant de son bureau, ou encore Horace et mon frère Robert, lesquels arrivaient ensemble de voyage le jeudi ; et, bien entendu, notre Nègre qui, lui, arrivait toujours le vendredi. Or, ce vendredi-là, ce ne fut pas un seul Nègre que l'on vit descendre du tramway, mais deux habillés pareillement de noir, chacun avec sa petite valise. L'un des Nègres, le nôtre, s'arrêta à notre barrière ; l'autre, après avoir adressé un petit signe de la main à son compagnon et lui avoir lancé : « *So long, Buddy !...* » continua jusque chez les Guilbert en sifflotant.

Ce fut le tour de ma mère d'être sur des charbons ardents ; et, Mme Guilbert ne se montrant pas, elle se vit contrainte d'aller aux nouvelles.

—Eh oui, lui dit Mme Guilbert ; mon Horace connaît depuis longtemps ce Nègre qui voyage à bord du même train. C'est un Nègre rangé, doux, tout à fait bien élevé...

—Comme le mien, exactement, dit maman.

—Après tout, employé du C.P.R., tout comme nos fils, continua Mme Guilbert.

Mais ma mère voulait triompher trop tôt, et Mme Guilbert le lui rappela :

—Du moment qu'il y avait déjà un Nègre dans la rue... ce n'est pas si grave d'en avoir un deuxième. Une fois l'exemple donné !...

Ma mère revint un peu agacée. « En tout cas, nous assura-t-elle, notre Nègre était infiniment mieux que celui de Mme Guilbert, lequel était moins élancé, moins droit... » Et, comme pour bien établir la mauvaise foi de sa voisine, maman prophétisa :

—Vous allez voir que madame Guilbert va maintenant prétendre avoir un meilleur Nègre que le nôtre. Vous allez voir !

Et c'est bien en effet ce qui se produisit.

Pourtant, sans aucun doute possible, le Nègre des Guilbert était le moins noir des deux. Mais de cela justement — était-ce concevable ? — Mme Guilbert tira fierté, observant :

—Au fond, je crois qu'il n'est que mulâtre !

galanterie ou les hommages des garçons à marier. Et Odette, toute décidée qu'elle fût au renoncement, avait l'air de beaucoup aimer être l'objet de grands égards. Le soir, après la musique, elle et le Nègre marchaient ensemble devant la maison. Ils se parlaient de l'Afrique. Sans doute pour faire plaisir à ma sœur, notre Nègre tâchait de se rappeler de vieux souvenirs, à demi conservés dans sa famille Jackson, d'esclaves aux enchères, de rafles, par des hommes cupides, de pauvres Noirs surpris dans leur village de paillotes...

— *Yes... Miss... all that must have happened once upon a time...* disait le Nègre en écourtant ses pas pour les accorder à ceux d'Odette.

V

Par ces mêmes soirs si doux, si embaumés — car alors, rue Deschambault, poussaient à leur aise des trèfles et du foin sauvage qu'un homme envoyé par la ville venait faucher à la fin de l'été seulement — par ces soirs qui étaient l'été même, ma mère allait souvent « prendre » Mme Guilbert pour une petite marche. Les deux femmes se promenaient sur un parcours peu étendu devant la maison de Mme Guilbert. Et tout allait assez bien entre elles, sauf lorsqu'elles en venaient à parler de leurs Nègres ; elles étaient acharnées à établir qui d'entre elles avait le meilleur.

— Le mien, disait maman, a de la finesse, je vous assure, et du tact.

— En tout cas, le mien en a assez, répliquait Mme Guilbert, pour connaître sa place et y rester.

— Voulez-vous dire par là, madame Guilbert, demandait maman, que vous avez le cœur de condamner votre pauvre Nègre à rester dans sa chambre par cette chaleur ?... Des gens qui souffrent tellement de la chaleur !... qui de plus ont le cœur sensible !...

Une fois qu'elles devisaient ainsi en marchant, elles firent face, mais d'une assez grande distance, à un couple qui se promenait devant notre maison.

— Mais, dit Mme Guilbert, levant les yeux, les abritant de sa main contre le soleil couchant, quel est donc cet homme qui se promène avec Odette ?

— Un homme avec Odette, ça m'étonnerait beaucoup ! dit maman.

Mais en même temps, du coude, maman poussait un peu Mme Guilbert, cherchait à lui faire rebrousser chemin ; et, comme cette tactique ne réussissait pas, elle tâcha d'attirer son attention sur la hauteur du foin sauvage, sur un oiseau qui volait bas. Mais Mme Guilbert marchait en droite ligne vers notre maison. Elle voyait mieux maintenant notre bout de rue ; et, tout horrifiée, elle s'exclama :

— Savez-vous bien qui est avec Odette, ma pauvre amie ! Votre Nègre ! Je vous l'assure ; il ne fait pas encore assez noir pour que je ne distingue pas ce visage noir...

— En ce cas, ne vous plaignez jamais de vos yeux, dit maman ; ils sont encore meilleurs que les miens.

Puis, calmement, comme si la chose, réflexion faite, tournait à son avantage :

— C'est possible après tout qu'Odette se promène avec le Nègre : cette enfant a tant de cœur !

— Comment ! dit Mme Guilbert. Je vous dis que votre fille se promène avec un Nègre au su et au vu de tous, et vous faites tout simplement : Ah !...

— Mais justement, dit ma mère, c'est au vu et au su de tous...

Puis elle reprit :

— Au su et au vu de peu de monde, veuillez le voir, madame Guilbert ; au su et au vu de nous deux exactement.

Néanmoins, maman était irritée. Écourtant sa marche, elle revint tancer un peu Odette. « Sur la galerie, au salon, que tu parles au Nègre, passe encore ! Mais as-tu besoin que ce soit aux yeux du voisinage ! »

— Le voisinage, fit ma sœur en retroussant la lèvre. Quel voisinage ?

Or le Nègre de Mme Guilbert était un petit homme tranquille, autrefois de l'Alabama, que la musique aussi attirait. Gisèle en ce temps-là jouait des pièces à quatre mains avec Odette ; quand elle fut abandonnée de ma sœur, qui fréquentait le Nègre, elle se mit à rabâcher à cœur de soirée un morceau de Schumann qui s'appelait, il me semble : *À la Bien-Aimée.* Pendant que sa mère et la mienne faisaient de petits pas devant la maison des Guilbert, Gisèle jouait pour leur Nègre qui, lui aussi, de marche en marche, en était rendu au salon. Mme Guilbert s'en doutait peut-être, mais probablement aimait-elle mieux les savoir dans la maison que sur la galerie, au su et au vu de tous.

Quoi qu'il en soit, lorsque que Mme Guilbert cessa de bouder maman et vint un soir la « prendre » pour une petite marche, elle ne voulut jamais aller de son côté, préférant le nôtre que tout à coup elle dit plus aéré, moins sauvage.

C'était donc devant chez nous qu'elles marchaient ; à l'autre bout de la rue se promenaient également un homme et une femme qui paraissaient bien assortis quant à la taille, à la démarche ; la brunante venait ; maman ne distinguait pas le visage de ce couple qui avait l'air heureux. Du côté des Guilbert, l'ombre s'amassait plus vite que par chez nous, à cause des taillis plus épais autour de leur maison.

— Votre Gisèle a donc un cavalier ? demanda maman avec un peu d'envie.

Car, si elle paraissait approuver Odette de tenir les garçons à l'écart, à la vérité maman en souffrait, surtout lorsqu'elle voyait passer dans notre rue des cavaliers de Gisèle, un petit bouquet de fleurs à la main.

— Elle ne manque pas de cavaliers, fit Mme Guilbert fièrement. Je vous le dis, ma bonne amie, ça n'a pas de sens : quand ce n'est pas l'un, c'est l'autre... Il est bon qu'une jeune fille soit populaire, mais, comme je le répète à Gisèle : « Ma fille, si tu en encourages trop, tu vas mettre la jalousie dans le camp... »

— Et Dieu sait ce qui pourrait alors se produire... continua ma mère, revenue à la bonne humeur.

— Par ailleurs, fit Mme Guilbert, je trouve ça plus naturel que la conduite de votre Odette. Elle n'est pas mal, vous savez ; je pense qu'elle aurait du succès si elle ne se croyait pas obligée de faire fuir tous les hommes... hormis votre Nègre...

— Mais un Nègre, dit ma mère mystérieusement, ça ne vous écarte pas de la vocation... Au contraire... Tout de même, il me semble n'avoir jamais vu encore ce cavalier de Gisèle... Serait-ce un nouveau ?...

— Je ne savais pas qu'elle attendait quelqu'un ce soir, convint Mme Guilbert. Voyons, qui ça pourrait-il être ?... Il y a le docteur Tremblay qui est fou d'elle... Aussi le notaire...

— Mais ce soir, dit maman, je pense que c'est le Nègre...

— Mon Nègre ! Avec Gisèle ! Au su et au vu !...

— Je n'ai pas mes lunettes, dit maman, mais d'ici, ça m'a tout l'air d'un visage noir, enfin brun, puisque votre Nègre est plutôt mulâtre...

Elle n'eut pas le temps d'en dire plus ; Mme Guilbert filait vers l'autre bout de la rue ; et, en courant, elle agitait un peu les bras comme s'ils eussent été une paire d'ailes.

Peu après, privé de sa compagne, le Nègre des Guilbert vint au salon rejoindre notre Nègre qui, accompagné par les accords d'Odette, chantait. Alors arriva Gisèle qui prit place près de ma sœur sur le banc du piano, et les deux jeunes filles soutenaient à quatre mains les voix des deux Nègres qui se lançaient en d'admirables variations ; l'une profonde comme la nuit, l'autre seulement comme le crépuscule, elles s'échappaient de toutes nos fenêtres ouvertes, elles roulaient en même temps que des reflets de lune sur nos pelouses frémissantes.

Sur la galerie, ma mère se berçait.

Hélas, c'est au moment où nos vies auraient pu devenir combien plus intéressantes que nos deux Nègres furent rappelés par leur pullman ; l'un pour faire la navette entre Halifax et Montréal, l'autre, je crois, devant rallier Calgary.

Et longtemps, pendant des années, la rue Deschambault s'ennuya de ses Nègres.

PETITE MISÈRE

Mon père, parce que j'étais frêle de santé, ou que lui-même alors âgé et malade avait trop de pitié pour la vie, mon père peu après que je vins au monde me baptisa : Petite Misère. Même quand il me donnait le nom avec douceur, en caressant mes cheveux, j'en étais irritée et malheureuse, comme d'une prédisposition à cause de lui à souffrir. Je me redressais et intérieurement me disais : « Ah non ! je ne suis pas misère. Jamais je ne serai comme toi ! »

Mais, un jour, il me jeta le mot détestable avec colère. Je ne sais même plus ce qui avait pu mériter pareil éclat : bien peu de chose sans doute ; mon père traversait de longues périodes d'humeur sombre où il était sans patience et comme accablé de regrets ; peut-être aussi de responsabilités trop lourdes. Alors, parfois, un éclat de rire le rejoignant, l'atteignant en plein dans ses pensées moroses, provoquait chez lui un accès de détresse. J'ai compris plus tard que craignant sans cesse pour nous le moindre et le pire des malheurs, il aurait voulu tôt nous mettre en garde contre une trop grande aspiration au bonheur.

Son visage agité, ce jour-là, m'avait paru terrifiant. Il me menaçait de sa main levée ; mais, incapable de se décider à me frapper, il me jeta comme un reproche éternel :

— Ah ! pourquoi ai-je eu des enfants, moi !

Les parents peuvent croire que de telles paroles, bien au-delà de l'entendement des enfants, ne leur font pas de mal ; mais parce qu'elles ne sont qu'à moitié intelligibles pour eux, les enfants les creusent et s'en font un tourment.

Je m'enfuis, je courus à mon grenier où, face par terre, je grattai le plancher rugueux de mes ongles, je cherchai à y entrer pour mourir. Le visage collé au plancher, j'ai essayé de m'empêcher de respirer. Je croyais que l'on peut à son gré s'arrêter de respirer et, ainsi, quitter le mal, quand on le veut, parce que c'est le mal...

Les heures passèrent, et je me retournai sur le dos, ma position étant vraiment trop incommode.

Alors, par la lucarne qui se trouvait à la hauteur de mon visage, j'ai aperçu le ciel. C'était une journée venteuse de juin... et des nuages très beaux, très blancs, se mirent à passer devant mes yeux. Il me sembla qu'à moi seule se montraient les nuages. Au-dessus du toit si proche sifflait le vent. Déjà, j'aimais le vent dans les hauteurs, ne s'attaquant ni aux hommes, ni aux arbres, sans malfaisance, simple voyageur qui siffle en se promenant. Deux grands ormes plantés par mon père poussaient leurs plus hautes branches jusqu'au bord de ma lucarne, et, en tendant un peu le cou, je les voyais se balancer ; et cela aussi devait être pour moi seule, puisqu'il n'y avait que moi d'assez haut perchée pour surprendre les branches supérieures de nos ormes.

Et alors, plus que jamais je désirai mourir, à cause de cette émotion qu'un arbre suffisait à me donner... traître, douce émotion ! me révélant que le chagrin a des yeux pour mieux voir à quel point ce monde est beau !

Un instant mon attention fut toute captivée par la vue d'une araignée qui descendait vers moi d'une poutre du plafond, au bout de son chemin de soie... et j'en oubliai de pleurer. Mais, plus fort de m'avoir été dérobé quelques minutes, mon chagrin revint et remplit toute mon âme, cependant que j'examinais à travers mes larmes cette pauvre petite vie d'insecte que d'un doigt j'aurais pu faire cesser.

Et je me dis : « Mon père n'a pas voulu de moi. Personne n'a voulu de moi. Je n'aurais pas dû venir au monde. » (Quelquefois, j'avais entendu ma mère, parlant de quelque pauvre femme déjà chargée d'enfants, malade, et qui venait d'en mettre un autre au monde, observer en soupirant : « C'est dur, mais c'est le devoir. Que voulez-vous ! il faut bien qu'elle fasse son devoir ! ») Et, ce jour-là, retrouvant le mot dans mes souvenirs, je m'en emparai et ne sachant encore quel sens terrible il contenait, je me répétai : « L'enfant du devoir ! Je suis l'enfant du devoir ! » Et le seul son de ce mot suffit à me faire pleurer de nouveau, sur des chagrins que je ne connaissais pas encore.

Puis je retrouvai le ciel bleu qui filait au-delà de la lucarne. Pourquoi, ce soir, le ciel m'a-t-il paru si beau que, depuis, nulle part au monde je n'en ai vu de pareil ! Était-ce parce qu'il était si indifférent vis-à-vis de moi qui le regardais ?

Comme j'allais me remettre à pleurer, j'entendis des pas résonner le long du corridor, à l'étage, sous mon grenier. Puis la porte au bas de l'escalier s'ouvrit. Une voix, celle de ma mère, annonça :

— La table est mise, le souper prêt. Assez boudé. Viens manger.

J'avais faim malgré tout, et cela même, la honte en plein chagrin d'être tentée par la nourriture, me fit nier la chose et affirmer que je ne pouvais manger, que jamais plus je ne pourrais manger.

Au bas de l'escalier, ma mère dit :

— Eh bien, boude, si tu veux bouder... mais après, tu ne trouveras plus rien à manger.

Et elle s'en alla d'un pas leste, encore jeune.

Mon frère ensuite vint au bas de l'escalier me crier qu'il s'en allait pêcher dans la petite rivière... et est-ce que oui ou non je voulais l'accompagner ?... Il ne s'agissait pas de la Rouge, l'importante rivière de la vallée, mais de notre petite Seine... maigre cours d'eau qui se tortillait, s'avançait à la manière d'une couleuvre entre des bosquets pleins de cenelles... petite rivière enfouie dans l'herbe, vaseuse, secrète, sans grand danger pour nous, y fussions-nous tombés la tête la première... ma jolie rivière verte comme les yeux des chats !...

J'eus bien de la peine à résister, mais encore une fois l'idée de la joie possible dans une vie corrompue par le chagrin me fit repousser mon frère, crier que je voulais être seule.

Lui aussi s'en alla d'un pas rapide ; je l'entendis trotter au long du passage, puis prendre le galop dans le grand escalier menant au bas de la maison.

Alors il y eut un silence.

Ensuite, les petits Gauthier, mes chers compagnons de jeux, tous trois perchés sur leur palissade de planches qui séparait nos deux propriétés — mais je me rappelle : entre elles il y avait encore un champ vague — m'appelèrent longuement. Ils modulaient leur appel, selon notre coutume, sur le chant du Fré-dé-ri-m'as-tu-vu. Mais justement, à cette heure, l'oiseau aussi chantait. Il me fallait beaucoup d'application pour distinguer de la petite phrase chantée celle de mes amis qui scandaient : « Chris-ti-ne-viens-tu-jouer ? Au-mar-chand-viens-tu-jouer ? Au-domp-teur-viens-tu-jouer ? » Enfin, ils varièrent un peu leur ritournelle ; parce que c'était là le jeu que j'aimais le mieux et qu'ainsi ils espéraient me voir sortir de la maison, ils lancèrent : « Viens jouer aux enterrements. »

Je ne pus résister alors au désir de les voir ; je m'approchai au bord de la lucarne, et je les aperçus en bas, tous les trois hissés sur la haute palissade ; mais, pensant tout à coup qu'ils étaient des enfants mieux aimés de leurs parents que je ne l'étais des miens, je plongeai vite la tête avant qu'ils ne m'aient découverte, car leurs petits visages cherchaient pour m'y trouver toutes les fenêtres de notre maison. Je retournai me coucher sur le dos et regarder le plafond sombre.

Longtemps encore, sans me découvrir nulle part, les chers enfants m'appelèrent, avec tout ce désespoir enfantin de voir perdue pour les jeux une si belle soirée d'été. Il faisait presque noir qu'ils m'appelaient encore. Leur mère leur commanda d'entrer se coucher. Je les entendis protester, puis la voix de leur mère insista. Mais avant de m'abandonner, les trois petits sur la clôture me crièrent très fort, avec tant de regret :

— Bon-soir-Chris-ti-ne ! Es-tu-morte-Chris-ti-ne ? À-demain-Chris-ti-nette !

Maintenant, dans la lucarne, le ciel était sombre. Et mon chagrin reprit, mais beaucoup plus mystérieux et inconnu. Il semblait que c'était l'avenir, tout le long, terrible avenir d'un enfant qui sur moi pesait... et je pleurai à petits coups, sans savoir au juste pourquoi... peut-être parce que je sentais en moi comme chez les grandes personnes assez de lâcheté pour me résigner à la vie telle qu'elle est... Et peut-être la vie me tenait-elle mieux encore par la curiosité...

J'entendais encore aux étages certains bruits qui me renseignaient sur les allées et venues dans la maison. Des portes claquèrent. Sur la galerie puis sur notre petit trottoir de ciment j'entendis le bruit des pas de ma mère dans ses souliers neufs. C'est vrai, elle devait ce soir aller jouer aux cartes chez des amis. Elle se hâtait, ses pas semblaient courir... et je fus malheureuse que d'un cœur si libre elle partît pour aller se livrer à quelque chose d'aussi futile, ce soir, que de jouer aux cartes.

La nuit me parut monter vers moi des étages obscurs. La grande maison était à présent tout à fait silencieuse... peut-être vide... Et mon chagrin fut intolérable, de tous abandonné sauf de moi, sauf de ma seule attention bien trop jeune, bien trop faible pour le comprendre ; et sans plus en connaître la cause, je pleurai davantage le chagrin lui-même qui n'est peut-être qu'un enfant seul.

Alors, mon oreille proche du plancher entendit le pas traînant, le pas accablé de mon père.

Il entrouvrit doucement la porte au bas de l'escalier. Il resta là, sans parler, longtemps. Peut-être pensait-il que je ne le savais pas debout, un pied levé vers la première marche. Mais j'entendais sa respiration... et lui peut-être la mienne, tant le silence entre nous était poignant.

Enfin, il appela :

— Petite ! Misère !

Oh ! que j'avais la gorge serrée ! Jamais après, je n'y ai eu un tel nœud la serrant à m'étouffer. Et il est bon peut-être qu'on ait eu très jeune un atroce chagrin, car après il ne peut guère plus nous étonner.

Le vieux père reprit :

— T'enfant !

Puis, comme je ne répondais encore pas, mon père me dit :

— Tu dois avoir faim.

Et plus tard, après un autre silence, il me dit si tristement qu'aujourd'hui encore, trouvant son chemin entre des souvenirs touffus comme une forêt, l'inflexion exacte de la voix de mon père me revient :

— J'ai fait une tarte à la rhubarbe... Elle est encore chaude... Veux-tu en manger ?...

Moi, je ne sais plus ! Depuis ce temps, la tarte à la rhubarbe ne m'a jamais tentée ; mais, avant ce jour, il paraît que j'en raffolais, bien que je fusse malade chaque fois que j'en mangeais. Aussi ma mère n'en faisait plus que très rarement et si, par exception, elle en servait une, alors elle me défendait d'en prendre plus qu'une toute petite pointe. Ainsi donc, mon père avait profité de l'absence de ma mère ce soir... et je l'imaginai roulant ses manches, cherchant la farine, le saindoux — jamais pourtant il ne trouvait les choses dans la maison — allumant le four, surveillant la tarte qui cuisait !...

Comment aurais-je pu répondre ! Le chagrin qui m'avait tenue éloignée toute la soirée des jeux de mon âge, qu'était-il auprès de celui qui à présent m'empoignait ! En était-il donc du chagrin comme des mystérieuses routes dans mon livre des *Mille et Une Nuits* où chacune menait à une avenue plus large et découvrait de plus en plus de pays ?

J'entendis mon père pousser un soupir. Il referma la porte si lentement que c'est à peine si j'entendis le très léger déclic de la serrure. Il s'en alla.

Ce long pas découragé !

J'attendis quelques minutes pourtant, longtemps à ce qu'il me sembla. Puis j'ai étiré ma robe chiffonnée. Je me suis donné des tapes aux joues pour effacer la trace des larmes ; et, avec le bas de ma robe, j'ai tâché de réparer les barbouillages ainsi faits sur mon visage.

Je suis descendue, m'arrêtant à chaque marche.

La table de notre grande cuisine était mise comme pour une fête... une bien triste fête, car, sur la nappe blanche, il n'y avait, au centre, que la tarte et, loin l'une de l'autre, à chaque bout, nos deux assiettes.

Nous avons pris place, sans nous regarder encore, mon père et moi, à cette longue table.

Mon père poussa alors vers moi la tarte qu'il avait taillée d'avance en si gros morceaux que brusquement je fondis en larmes. Mais en même temps j'avais commencé de goûter à la tarte.

Souvent, aux étapes de ses rudes voyages en pays de colonisation, lorsqu'il allait établir des immigrants, mon père avait fricoté lui-même ses repas sur de petits feux de braises en plein air, dans les Prairies, et il avait gardé de ce temps-là, sans doute accompagnée du regret des espaces et de la pureté, l'illusion d'être habile à la cuisine. Mais ma mère disait que les tartes de mon père étaient de plomb.

Et c'était bien en effet une nourriture de plomb que je cherchais à avaler.

Nos yeux se rencontrèrent. Je vis que la bouchée que mon père avait prise ne passait pas non plus.

Et comment alors, à travers mon pauvre chagrin d'enfant, ai-je si bien pressenti celui combien plus lourd de mon père, le poids de la vie : cette indigeste nourriture que ce soir, comme si c'était pour toujours, mon père m'offrait !

Cette nuit, je fus bien malade d'une sérieuse indigestion. Ma mère, ne comprenant pas du tout ce qui s'était passé entre le vieil homme et sa Petite Misère, accabla mon père de reproches :

— Lui faire manger de la tarte à dix heures du soir ! Es-tu fou ?

Lui, avec un sourire triste, sans se disculper, pencha la tête ; et, plus tard, quand il vint m'apporter un remède, il y avait sur son visage une telle douleur que, parfois, je l'imagine immortelle.

MON CHAPEAU ROSE

J'avais eu la jaunisse et maman, pour m'aider à guérir, m'acheta un chapeau rose. Sans doute essaya-t-elle de m'en faire accepter un d'une autre couleur — j'étais encore toute jaune de ma maladie — mais c'était le rose que je voulais. Et maman en riant un peu finit par céder.

Ma meilleure robe pour aller avec ce chapeau rose bonbon était en pied-de-poule noir et blanc avec une collerette rouge vif. Néanmoins, c'est ainsi habillée que je devais partir pour mon premier voyage toute seule. Maman m'envoyait à la campagne me refaire le teint et la santé. Cette fois elle ne pouvait pas quitter elle-même la maison. Mais elle trouva dans le train une vieille Sœur Grise à qui elle me confia.

— Allez-vous jusqu'à Notre-Dame-de-Lourdes ? demanda-t-elle à la Sœur Grise.

La Sœur Grise dit qu'elle allait encore plus loin, qu'elle allait dans toutes les campagnes quêter pour ses pauvres.

— En ce cas, dit maman, voulez-vous prendre soin de ma petite fille jusqu'à Lourdes ? Là sa tante viendra l'accueillir.

La vieille Sœur Grise prit bien soin de moi. En fouillant dans sa poche elle trouva des bonbons qui devaient y être depuis long-temps, ils étaient enroulés de cette espèce de petite mousse de laine qui se forme dans le fond des poches. Dans un village où on arrêta cinq minutes, elle courut m'acheter un cornet de crème glacée. J'espère qu'elle n'a pas pris pour me l'acheter de l'argent de ses pauvres.

Quand j'arrivai dans la maison de ma tante, c'était l'heure du souper. Je vins tout de suite à table avec mon chapeau sur la tête. Ma tante n'avait pas encore reçu le lit qu'elle avait emprunté pour moi dans le village. J'eus le choix d'une petite place dans le grand lit avec mes trois cousines ou d'un matelas pour moi toute seule par terre. Je pris le matelas. J'ôtai ma robe d'abord ; ensuite, à la dernière minute, avant de m'allonger sur le matelas, j'enlevai mon chapeau rose que je plaçai tout près de moi sur le plancher, afin sans doute de l'avoir sous la main dès en m'éveillant. Ma tante, pensant peut-être que quelqu'un en se levant la nuit pourrait marcher sur mon chapeau, le prit à mes côtés pour le déposer sur une commode ; ou plutôt elle en coiffa une statue de sainte Anne qui se trouvait là, aux rayons de la lune. Et je me mis à me lamenter doucement.

Ce n'était pas uniquement parce que ma tante m'avait ôté mon chapeau. Tout à coup, je m'étais sentie triste d'être si loin de chez nous, chez ma tante que je ne connaissais pas beaucoup, et, de plus, couchée sur un matelas par terre. Alors ma tante remit mon chapeau près de moi. Elle me dit : « Petite folle ! »

Le lendemain, je descendis déjeuner, mon chapeau rose sur la tête, à moitié habillée quant au reste... Je demandai à ma tante de boutonner ma robe dans le dos... et je fus assez heureuse pendant une heure ou deux. Il y avait dans le jardin de ma tante une escarpolette suspendue entre deux petits arbres maigres. Quand j'étais en l'air, je voyais loin sous le bord de mon chapeau rose. Je pouvais même voir, passé une petite butte, près de la route qui remontait, une jolie maison lointaine. Sur la galerie étaient assis deux vieux qui avaient l'air, comme deux chats, de n'avoir rien à faire que de se chauffer au soleil. Je me mis à avoir envie d'être dans cette petite maison des deux vieux. Je finis par me persuader que je les connaissais depuis longtemps, qu'ils m'attendaient dans leur maison. Je me racontais souvent pareilles histoires, et j'y croyais.

Quand j'étais assez haut dans le ciel, j'étais contente. Mais chaque fois que redescendait l'escarpolette, je me trouvais dans un jardin minuscule, enfermée de tous côtés. Mes trois cousines étaient en bas, au pied des deux petits arbres, assises sur des chaises de cuisine. C'étaient des petites filles élevées pieusement et sévèrement ; l'une ravaudait du linge à menus, menus points ; l'autre tricotait un grand bas noir ; la troisième lisait dans un gros livre, à voix pointue et monocorde. Elle en était à saint Ignace... La petite voix pleurarde me poursuivait quand je montais dans les airs. Là-haut, je retrouvais la grand-route, des collines bleues et aussi la maison des deux vieux pelotonnés sur leur perron. Je me donnais de formidables élans pour aller de plus en plus haut. Le balancement finit par me donner mal au cœur. Descendue de l'escarpolette, je cherchai de tous côtés une sortie de ce jardin malingre. Ma tante avait attaché la barrière avec une grosse corde bien raide. Sans doute maman l'avait-elle avertie de mes goûts de vagabondage. Mes doigts n'arrivèrent pas à défaire le nœud. Je ne pouvais non plus passer par-dessous la clôture.

Dans l'après-midi, le petit vieux s'en vint près de la maison de ma tante. Il avait une espèce de filet à la main ; il devait aller aux provisions. Il avait une grande barbe. De la barrière, je le saluai poliment, et lui, en riant un peu, avec un clin d'œil, il me rendit mon salut. Et il dit : « T'as un beau petit chapeau. »

J'étais toujours là quand il repassa, une heure plus tard, avec son filet bourré de paquets. Ma tante et mes cousines étaient dans la maison à faire du ménage ou à se préparer de l'ouvrage ; chacune, dans cette maison ennuyeuse, avait toujours sa petite tâche devant elle, et, quand la tâche était finie, les pauvresses s'en cherchaient encore une autre. J'appelai le vieillard à barbe, doucement, en mettant un doigt sur mes lèvres pour lui recommander le silence. Quand il fut tout près, je lui demandai :

— Monsieur, est-ce que vous auriez la bonté de défaire ce gros nœud ?

Il défit le nœud en riant un peu, mais sans faire de bruit comme je lui avais demandé. Après, il partit à petits pas lents, les mains au dos et tenant ainsi son filet plein derrière lui. La route de terre devant lui paraissait belle et longue, en petites montées grises. Je commençai à suivre le vieux. Il se tourna vers moi. Il ôta sa pipe de sa bouche. Il me demanda :

— Où vas-tu donc ?

Je courus un peu vers lui ; je mis ma main dans la sienne. Je lui dis :

— Avec vous.

Nous sommes arrivés ensemble à sa jolie maison pleine de fleurs tout autour. La petite vieille, assise sur une marche du perron, en me voyant a demandé au vieux :

— Où l'as-tu prise, cette enfant-là ?

Le vieux a souri dans sa barbe ; il a fait un geste des épaules, de la tête, pour indiquer en arrière de nous, mais sans lâcher ma main. Et la bonne vieille m'a demandé :

— As-tu faim ?

J'ai fait signe que oui. Alors la bonne vieille a tiré une trappe ; elle a été dans la cave chercher des confitures aux fraises ; elle a taillé des tranches d'un pain le plus blanc que j'aie jamais vu ; elle m'a donné le meilleur lait que j'aie jamais goûté. Quelle belle après-midi ! C'est à peine si les vieux m'ont posé des questions. En tout cas, rien de fou comme par exemple : « D'où est-ce que tu viens ?... Qu'est-ce que tu fais par ici ?... » Nous avons été très bien tous les trois ensemble sur la galerie à nous regarder et à rire sans bruit, rien que des yeux et du coin des lèvres.

Ils ont dit plus tard que j'avais passé presque toute la journée chez les vieux, que ma tante pendant ce temps-là avait failli devenir folle d'inquiétude ; que, d'abord, elle avait été demander partout dans le village : « Avez-vous vu passer un petit chapeau rose ? » Ensuite, ils avaient même été regarder dans le puits. C'est bien curieux ; à moi, ça n'a pas paru long... pas long du tout...

Il commençait à faire sombre lorsque, tout à coup, j'ai aperçu ma tante sur la route et qui s'en venait d'un bon pas. Elle avait une petite baguette à la main et l'air de qui veut s'en servir. Les pauvres vieux eurent une mine peut-être plus inquiète que la mienne. Des yeux ma tante fouillait tout le paysage ; elle ne savait pas encore où j'étais ; les arbustes, de ce côté de la route, devaient me dissimuler à son regard ; j'aurais peut-être eu le temps de me cacher mieux. Mais ma tante en levant la tête dut apercevoir, entre les lilas, le dôme de mon chapeau rose. Son visage aussitôt, se déplissa. Ses

46

yeux ne furent plus du tout fâchés. Son pas se hâta d'une bonne manière. La baguette lui partit des mains.

Et moi, je courus au-devant de ma tante mettre ma main dans la sienne.

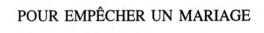

POUR EMPÊCHER UN MARIAGE

Maman et moi nous roulions dans un train vers la Saskat-chewan, pour aller là-bas empêcher un mariage.

Je me rappelle : mon père était rentré un soir d'un de ses voyages chez les Doukhobors, tout pâle, agité et nerveux. Il avait dit à maman :

— Tu vas aller là-bas, Éveline, tâcher de lui faire entendre raison. Moi, j'ai essayé. Mais tu me connais : j'ai dû être trop violent. Je n'ai pas su lui parler comme il faut. Tu vas aller, Éveline, empêcher ce mariage à tout prix.

Maman avait dit alors :

— Mais la petite, Édouard !

Depuis que j'étais née, maman ne m'avait pas quittée un seul jour. Et mon père avait dit :

— Emmène-la. J'ai ta passe. Quant à elle, elle n'est pas encore tenue de payer une place... Une demi-place tout au plus !

C'était commode d'être encore trop petite pour payer en chemin de fer. Dans ce temps-là j'ai beaucoup voyagé, mais j'étais si jeune qu'il ne m'en reste pas grand souvenir, sauf de ce voyage-ci pourtant.

Nous étions dans le train depuis assez longtemps. Maman était assise en face de moi, les mains sur sa jupe, à ne rien regarder du paysage. Elle devait préparer ce qu'elle dirait à ma grande sœur Georgianna. Je n'avais jamais beaucoup vu Georgianna qui, l'année où je vins au monde, partit enseigner en Saskatchewan. Il y avait une photo d'elle à la maison. Ses cheveux étaient en deux fortes tresses noires roulées et attachées avec un ruban au-dessus des oreilles, et sur cette photo elle avait les yeux excessivement parlants. Même en photographie, Georgianna avait l'air d'être prête à se lever, à dire : « C'est moi » puis à éclater de rire à voir tout le monde surpris.

Assise sur la banquette de peluche, maman de temps en temps prenait un air fâché ; elle nouait ses sourcils ; elle remuait les lèvres comme pour un discours tout en reproches. Ensuite, elle devait se rappeler ce que mon père avait dit : de la douceur... d'être patiente... car elle passait à un air suppliant, vraiment très malheureux. J'étais triste de voir maman se parler comme ça au-dedans.

Mais j'avais presque toujours le visage collé à la vitre. C'est curieux : il m'a semblé, il me semble encore que tout ce long voyage a dû s'accomplir la nuit. Pourtant il est bien sûr qu'une bonne partie du moins s'est faite le jour. Du reste, je me rappelle la couleur pain brûlé du pays : la nuit, je n'aurais pas pu la voir, ni qu'elle était bien la couleur des foins et de la terre elle-même. Le pays a été plat longtemps, longtemps, puis un peu bosselé, puis encore tout à fait plat. Il y avait des petits villages en bois autour des élévateurs à blé peints en rouge sombre. J'ai toujours pensé que le mot « Estevan » que je ne peux relier à aucun souvenir précis doit dater de ce voyage, que, peut-être, je l'avais déchiffré sur le devant d'une petite gare en plaine. Je lisais aussi les hautes lettres écrites en noir sur les tours de blé : *Manitoba Wheat Pool...* Et puis ce fut : *Saskatchewan Wheat Pool...*

— Nous sommes en Saskatchewan ? ai-je demandé à maman, et j'allais me sentir contente, parce que passer d'une province à l'autre me paraissait être une si grande aventure que sans doute elle allait nous transformer complètement, maman et moi, nous rendre heureuses peut-être.

Mais maman, qui aimait pourtant elle aussi l'aventure, ne me fit qu'un signe distrait, comme si c'était aussi triste en Saskatchewan qu'au Manitoba.

Nous sommes descendues du train, et, cette fois, ce devait être véritablement la nuit, car, de ce gros village, je ne me rappelle que le nom déchiffré à la clarté d'une lumière perdue, peut-être à l'œil ardent de la locomotive. C'était Shaunavon.

Nous avons attendu longtemps un autre train qui devait nous emmener jusque chez Georgianna. Nous étions assises côte à côte dans la salle d'attente à peine éclairée. Maman m'avait enveloppée de son manteau, et elle me dit de dormir. Mais je ne pouvais pas. N'ayant plus, pour m'occuper, à lire des noms de gares ou des lettres sur les élévateurs à blé, je me sentais prise d'une sorte de peur de la Saskatchewan toute noire et inconnue où nous étions échouées si seules sur un banc. Souvent, croyant que je dormais ou pour me calmer, maman effleurait ma joue de sa main... et je sentais qui grattait un peu ma joue son alliance d'or...

Mais je pensais beaucoup. Et je lui demandai tout à coup :

— Il ne faut pas se marier, comme ça, dans la vie ?...

Alors maman me dit que parfois, c'était bien, très bien même.

— Mais pourquoi est-ce qu'il faut à tout prix empêcher Georgianna de se marier ?

— Parce qu'elle est encore trop jeune, dit maman.

— Il faut se marier vieille ?

— Pas trop vieille quand même, dit maman.

Et alors, elle me dit :

— Ne te tracasse pas à ce sujet. Il se peut encore que l'on réussisse. Prie pour qu'on réussisse.

C'était gentil à elle de m'associer au but de notre voyage. Mais je dus m'endormir. Et sans doute maman me porta dans ses bras jusqu'au train et plus tard à la maison où logeait Georgianna, car, lorsque je me réveillai, j'étais couchée dans un lit et j'entendis dans la pièce voisine maman et Georgianna qui déjà discutaient ensemble.

Cette scène, je crois qu'elle a dû se passer la nuit, j'en suis à peu près sûre... quoique sur tout ce voyage pèse la même clarté pauvre — c'est-à-dire pas tellement l'obscurité qu'une absence de véritable lumière - - la même indécise couleur pénétrée par des bruits de rails, puis des éclats de voix.

Maman avait dû oublier ce que lui avait si vivement recommandé mon père. Je l'entendais dire :

— Ne parle pas trop fort pour réveiller la petite. — Mais elle-même haussait le ton. — Georgianna, écoute-moi, écoute mon expérience. Ton père dit que ce garçon ne vaut rien.

— C'est pas vrai, disait Georgianna.

Et maman plus fort encore disait :

— Pourquoi t'entêtes-tu à faire ton malheur ?

Et Georgianna répétait toujours et toujours la même chose :

— Je l'aime. Je vais me marier. Je l'aime...

Après, moi, presque toute ma vie, je n'ai pu entendre un être humain dire : « J'aime... » sans avoir le cœur noué de crainte et vouloir de mes deux bras entourer, protéger cet être si exposé...

Georgianna, je ne la connaissais pas assez pour prendre son parti contre celui de maman. Cependant, il me semblait que quelqu'un aurait dû être du côté de Georgianna, à cause de tout cet orgueil dans sa voix quand elle reprenait : « Je l'aime, tu entends, je l'aime ! Personne ne me fera changer d'idée. »

— Pauvre Georgianna, dit alors maman, tu parles de l'amour comme s'il devait durer... Mais lorsqu'il finit... s'il n'y a pas autre chose pour prendre sa place... c'est affreux !

Elles devaient marcher en parlant, aller peut-être l'une vers l'autre, ou, au contraire, s'éloigner l'une de l'autre. Sur les murs de la chambre où j'étais je voyais leurs ombres se promener. Une lampe renvoyait devant mes yeux leurs gestes, et je finis par reconnaître ceux de maman qui étaient désolés, ceux de Georgianna... De temps en temps, maman levait les bras au ciel, comme lorsqu'on est découragé.

Je ne me rappelle presque plus rien d'une autre journée que nous avons dû passer chez Georgianna, presque rien de ce séjour jusqu'au moment où nous étions de nouveau dans un train et qu'apparemment nous avions échoué dans notre entreprise.

Je revoyais à rebours et ne paraissant plus du tout les mêmes les petits villages rouge sombre de la Saskatchewan, les champs de blé, les élévateurs aux grandes lettres noires.

Mais il nous arriva une aventure.

Sur le parcours que nous suivions, les Doukhobors avaient brûlé un pont, pour protester contre une loi du gouvernement. Il n'en restait plus que les rails tenant à peine sur quelques traverses à moitié calcinées. Le train ne pouvait s'y engager. On fit descendre tout le monde avec les bagages, et on entreprit de nous transporter de l'autre côté de la rivière, pas plus que cinq ou six personnes à la fois, dans un *hand-car*. Les grandes personnes furent loin d'être braves ; plusieurs crièrent que nous allions mourir et firent des crises de nerfs. Mais je n'eus pas peur, assise les jambes pendantes au-dessus de l'eau, bien maintenue par maman qui me serrait à la taille. Un employé activait à la main le petit wagon qui filait assez vite. Je trouvai ça amusant. Jamais encore je n'avais traversé une rivière dont je pouvais très bien voir l'eau, à travers un pont presque entièrement brûlé.

Les voyageurs étaient furieux contre les Doukhobors. On devrait les jeter en prison, fit l'un, et un autre demanda : Pourquoi reçoit-on dans notre pays des gens qui ne veulent pas se conformer à ses lois ? J'allais dire que mon père aimait bien ses Doukhobors, qu'il les avait installés en Saskatchewan et que, lui, il ne les trouvait pas méchants. Maman me rappela et me fit taire ; elle dit que ce n'était pas le temps de crier partout que mon père était ami avec ses Doukhobors.

Quand nous fûmes de l'autre côté de la rivière, le chef de train lui-même vint nous dire que du secours allait venir, de ne pas nous énerver, que la compagnie prendrait bien soin de nous et nous dirigerait vers Regina ; de là nous pourrions continuer dans un train ordinaire.

Il y avait une petite butte sur ce côté de la rivière, et tout le monde s'y assit, dans l'herbe. Ce devait être l'après-midi. C'est le seul moment de ce voyage où je me rappelle avoir vu des rayons de soleil ; il y en avait sur la butte et sur les visages qui finirent par n'être plus fâchés. J'étais la seule enfant parmi les voyageurs, et je reçus tant d'oranges, tant de bonbons, que maman supplia les bonnes gens de ne m'en plus donner. Là, sur la butte, c'était comme un grand pique-nique ; l'herbe était parsemée de pelures d'oranges, d'écales de noix, de papiers gras, et l'on chantait de tous les côtés, tous chantaient, sauf maman et moi. Alors, je pensai me distraire en cueillant des fleurs sauvages pour m'en faire un petit bouquet, mais maman me rappela encore : elle avait l'air de ne pas aimer aujourd'hui que je m'éloigne d'un pas.

Le train de secours arriva ; ce n'était que deux wagons de marchandises, rouges comme les élévateurs à blé, et sans ouverture autre que de grandes portes pleines. Les gens furent mécontents, ils dirent : « Oui, la compagnie prend bien soin de nous en effet ; nous faire voyager dans un wagon de marchandises ! » Après, ce fut tout de suite la nuit ; je pense qu'elle vient plus rapidement en Saskatchewan qu'ailleurs. Un employé du chemin de fer agitait une lanterne ; ainsi il guidait les voyageurs dans l'obscurité et il les aidait à grimper dans le wagon sans marchepied. Moi je fus soulevée dans ses bras et mise à l'intérieur comme un paquet. Le pays autour de nous était absolument noir ; il n'y avait pas de fermes aux environs ; c'était la vraie plaine, sans lumières de maisons. Mais, au long du chemin de fer, il y avait un va-et-vient ; des falots couraient près des rails. Des voix en anglais se croisaient : « *All right ?... All right... Ready... All clear...* »

Alors on suspendit une lampe au plafond du wagon. Elle n'éclairait pas beaucoup, juste assez pour voir les planches nues entre lesquelles nous étions enfermés. Presque tous les voyageurs s'assirent par terre. Maman et moi étions assises sur notre valise. Maman m'avait encore une fois enveloppée dans son manteau. Et bientôt nous avons senti que nous roulions, mais à peine ; la voie devait être endommagée sur un assez long parcours ; les grandes portes fermées sur nous, c'était comme dans nos rêves où l'on sait que l'on avance un peu, mais comment le sait-on ?

Quelqu'un avait un phonographe et des disques, et il fit jouer des *blues,* du jazz... Des couples se mirent à danser dans le peu d'espace libre entre les deux rangées de personnes assises sur le plancher. Le falot n'éclairait pas bien ; les couples avaient de grandes ombres qui dansaient sur le mur... des ombres qui avançaient, qui reculaient... Parfois elles se détachaient les unes des autres... puis elles se fondaient ensemble...

Une vieille dame près de maman se plaignit :

—N'est-ce pas terrible ? Des jeunes gens qui il y a une heure ne se connaissaient pas, et voyez-les dans les bras les uns des autres ! Et puis, danser dans un moment pareil !

Alors, ils dansèrent quelque chose de pire encore : un tango. Je sentais maman près de moi toute raidie. Ma tête était au creux de son épaule. Elle mettait sa main sur mes yeux pour m'engager à les fermer, peut-être pour m'empêcher de voir les danseurs. Mais à travers ses doigts je voyais les ombres sur le mur...

Et j'ai demandé à maman :

— Georgianna ne t'a pas écoutée ? Est-ce qu'elle va être malheureuse comme tu l'as dit ?...

Maman dit qu'elle espérait que non.

Alors je lui ai demandé ce qu'il fallait pour se marier.

— Il faut s'aimer...

— Mais Georgianna dit qu'elle aime...

— Elle pense qu'elle aime, dit maman.

— Et les Doukhobors, eux, pourquoi brûlent-ils des ponts ?

— Ce sont des illuminés, dit maman ; ils prennent le mauvais chemin pour faire sans doute le bien.

— Est-ce qu'on ne le sait pas pour sûr, quand on aime ?...

— Des fois, non, dit maman.

— Toi, tu le savais ?

— Je pensais que je le savais.

Puis ma mère s'irrita. Elle eut l'air très fâchée contre moi. Elle dit :

— T'es trop raisonneuse ! C'est pas ton affaire... tout ça... Oublie... Dors...

UN BOUT DE RUBAN JAUNE

Ma sœur Odette était alors comme une princesse parmi nous. Pendant un an elle avait fait du *tatting* — rien que du *tatting* ; ensuite elle fit des ouvrages de raphia. L'année après, elle pratiqua un prélude de Rachmaninoff ; à présent son cœur s'était porté à la mystique, et elle allait au mois de Marie « qui est le plus beau », puis au mois du Sacré-Cœur et aussi à la petite grotte de Massabielle que l'on avait reproduite par chez nous — mais il n'y avait aucun rocher à vingt milles à la ronde, on avait dû la creuser en terre fraîche ; à toutes les saisons, la grotte s'écroulait. Lorsqu'on représentait à ma mère, surchargée de besognes, qu'elle eût bien pu se faire aider davantage par Odette, ma mère répondait :

— Elle m'aide... Elle prie pour nous.

Moi, dans ce temps-là, je trouvais Odette chanceuse que c'en était incroyable. Je me rappelle les jupes d'alpaga qu'elle portait presque à la cheville ; on apercevait ses belles bottines montantes dont le bout était pointu et retourné un peu en quille de bateau ; il fallait un crochet spécial pour les dix petits boutons noirs. Odette avait aussi des corsages tout *bouffonnants* avec de grands cols dits matelots, d'une soie si fine qu'elle devait mettre par-dessous un cache-corset, mais, comme celui-ci était également fin, Odette devait porter sous le cache-corset autre chose encore. Pourtant, ce qu'elle avait de plus beau selon moi, c'était sa toilette pour aller en auto avec son amie de cœur, Carmel, qui était fille de parents riches. Odette enfilait un grand manteau raglan, de couleur beige — et déjà elle prenait une allure d'exploratrice — des verres fumés et une espèce de casque à visière, duquel descendait un ample voile qui était destiné à la protéger contre la poussière de la route. Ainsi habillée, elle allait parfois en auto avec Carmel jusqu'à dix milles au loin...

Peut-être admirais-je trop Odette pour l'aimer vraiment. J'avais aussi sur le cœur quelques-unes des corvées qu'elle m'imposait. Sous prétexte que j'étais assez petite pour m'y glisser facilement, elle m'envoyait sous la table épousseter les grosses pattes tout en *tournicotages,* en torsades, avec des volutes et des arabesques. Et elle, qui ne pouvait savoir ce que c'était sous la table, elle me recommandait de rouler mon chiffon fin-fin-fin et de le passer dans tous les trous des ornements. Elle me faisait aussi épousseter la rampe de notre escalier à dix-huit barreaux presque aussi torturés que les pattes de la table, et prétendait que je faisais durer le travail !

Mais surtout j'enviais terriblement ce que possédait Odette. Sa chambre bleue par exemple, la plus belle de la maison ! Maman disait qu'Odette la méritait parce qu'elle avait ses vingt ans — je ne trouvais pas que ce fût une raison — et aussi parce qu'elle avait de l'ordre. Oui, elle avait une espèce d'ordre qui consistait, pour les mieux cacher sans doute à mes yeux, à enfouir de précieuses, mystérieuses petites choses en de très petites boîtes qu'elle mettait dans des boîtes moyennes qui entraient dans de plus grandes boîtes.

Il m'était interdit de poser un pied sur le seuil de la chambre d'Odette.

— On y met un pied un jour et, disait-elle, le lendemain on y met les deux pieds.

Malgré tout, il advint qu'en passant devant la chambre d'Odette, je m'arrêtai à deux doigts du seuil et j'aperçus, qui dépassait un peu d'un tiroir mal fermé, un bout de ruban jaune.

Sur le coup, je désirai ce ruban jaune avec une telle force que je ne me rappelle pas avoir jamais ensuite tenu autant à aucun autre objet.

Mais pourquoi ? Pour le mettre dans les cheveux de ma poupée ? Ou dans les miens que j'avais fort embroussaillés et qu'ainsi j'espérais peut-être embellir ? Ou seulement pour le mettre au cou de mon gros chat gris, lequel dormait tout le jour sous les groseilliers ? Je ne sais plus, je n'ai souvenir que d'un passionné désir de ce bout de ruban jaune.

J'envisageai aussitôt toutes les tactiques et je me rangeai à une opinion de maman qui enseignait : « Ce qu'on demande très gentiment, de tout son cœur, on l'obtient. » Je m'en fus trouver Odette, tout miel :

— Ma bonne, ma gentille, ma douce Dédette !...

— Qu'est-ce que tu veux encore ? fit-elle, me coupant tous mes effets.

— Ton beau petit ruban jaune, s'il vous plaît, Odette... ai-je continué, mais avec beaucoup moins de douceur, peut-être déjà sur un pied de guerre.

De ma vie je n'ai vu personne bondir comme Odette, sauter si vite aux fausses conclusions, me fouiller d'un regard aussi pénétrant et m'accuser si vilainement :

— Fouilleuse ! Petite gale ! Fouilleuse, va ! T'as encore été fouiller dans mes tiroirs !

Cette terrible réputation, il me semble que je ne la méritais pas, presque toujours arrêtée au bord des interdictions. Mais j'avais l'œil imaginatif, et un pouce de ruban dans le coin d'un tiroir ne laissait-il pas supposer tout ce qu'à l'intérieur il pouvait y en avoir de caché ?

Je fus si blessée en tout cas que je m'en allai dans la cabane que j'avais alors au fond du jardin — cabane faite comme pour y jouer des pièces, puisque telle une scène de théâtre elle n'avait que trois côtés ; j'avais manqué de planches pour m'enfermer tout à fait.

Cependant ma mère donnait des signes de ces singulières émotions d'adultes qui ne sont entièrement ni chagrin, ni joie. De temps en temps, je lui voyais des paupières rougies ; puis dans ces beaux yeux bruns de maman et bien qu'ils fussent gonflés, je regardais monter le soleil d'un bonheur, mais si difficile à atteindre, si inconnu, que j'en avais peur.

Je n'aimais pas voir ma mère dans ces états : c'était pour moi un début d'insécurité. Souvent, je m'approchais d'elle, lui demandant ce qu'elle avait, et elle me répondait : « Rien ! » Mais en me regardant avec une curieuse intensité, comme si j'allais disparaître sous ses yeux. Puis elle me renvoyait, elle disait : « T'es trop petite encore. »

Mais un jour, comme elle était assise à raccommoder dans la balançoire à deux bancs, ma mère m'appela et me dit :

— Il est temps que tu apprennes toi aussi la grande nouvelle. Ta sœur Odette, fit-elle, a choisi la meilleure part...

De cela je n'eus aucun étonnement. Pour moi, c'était assez clair qu'Odette, ayant toujours eu la meilleure part, ne pouvait que continuer dans cette voie.

Déconcertée par mon calme, maman m'expliqua :

— Tu comprends : elle a choisi Dieu.

Cela me parut moins clair. Jusqu'ici, il m'avait plutôt semblé que c'était Dieu qui choisissait... lorsque, par exemple, un jour de pique-nique, il ne nous envoyait pas une bonne ondée...

Maman reprit :

— Odette va se faire religieuse.

C'est alors que m'apparut le clair, le merveilleux, l'incroyable avantage qui découlait pour moi de tout ceci.

— Odette, ai-je demandé, va donc nous laisser toutes ses affaires ?

Étonnée peut-être que je fusse si perspicace, que j'eusse en si peu de temps entrevu ce qu'était la vocation religieuse, maman me parla comme à une grande personne.

— Odette va renoncer à tout, dit-elle. — En même temps, ma mère parcourait des yeux nos beaux arbres chauds de soleil, les fleurs du parterre. — Elle va donner d'avance sa part du monde, sa jeunesse, même sa liberté !

Mais j'avais traduit : son petit ruban jaune, et j'eus peine à cacher ma jubilation. Non qu'elle m'apparût mauvaise, ni même inopportune, mais les émotions qui se compliquaient autour de moi ces temps-ci me confondaient et m'enlevaient mes moyens.

Je commençai à rôder autour de Dédette. Un jour qu'elle était à genoux sur le plancher, occupée à tirer des choses de sa malle ouverte au milieu de la chambre, je m'arrêtai sur le seuil à la regarder.

— Ça n'a pas l'air que ça te tente de partir, lui dis-je.

Elle me sourit avec tant d'amitié que je commençai à me tortiller dans ma robe. Je ne tenais pas tellement, à cause de mes desseins secrets, à ce qu'elle fût aimable avec moi.

— Tu peux entrer, dit Odette, mais entre donc, pauvre Misère !

Je la regardai de côté ; elle était absorbée à lire de vieilles lettres ; elle en déchirait quelques-unes, en laissait d'autres intactes qu'elle mettait dans une de ses fameuses boîtes. Je ne comprenais pas ce qu'il pouvait y avoir dans cette occupation pour rendre si triste, si seul. Mais je remis au lendemain de parler du ruban jaune.

Odette en était à sortir de sa malle, pour les distribuer, ses blouses fines, ses bottines à dix boutons... et je la vis tirer jusqu'à un attirail de voyageuse en auto.

— Ah ! tu ne vas pas donner ça !

J'avais protesté d'un tel cœur que Dédette s'assit un moment sur les talons et qu'elle eut pour moi un petit sourire.

— À quoi voudrais-tu que cela me serve maintenant ? me demanda-t-elle.

Et elle me fit le très grand bonheur de me consulter sur le choix des personnes à qui elle donnerait ses biens. Je ne lui marchandai pas mon avis :

— Donne ta toilette d'auto à Agnès, en tout cas.

— Mais Agnès est encore trop petite. Elle se perdrait là-dedans.

— Ça ne fait rien, donne-la à Agnès. Tu me demandes à qui la donner ; moi, je dis : donne-la à Agnès...

Mais tout cela n'avançait guère mes affaires. Tout près d'Odette, libre de plonger l'œil à mon goût dans toutes les boîtes, de les tripoter un peu, même de les ouvrir, Dieu que j'aurais pu être heureuse si les sentiments chez nous n'avaient pas été aussi embrouillés !

Le lendemain, je revins encore près d'Odette, bien décidée à travailler cette fois à mes propres fins, à obtenir ma part — somme toute la plus insignifiante — des biens qu'elle distribuait à pleines mains. Je la trouvai comme la veille assise sur le plancher, mais les mains abandonnées à ses côtés, le regard au loin. Qu'est-ce que les grandes personnes voient donc quand, d'un œil aussi fixe, elles ne regardent rien ?

65

J'eus en tout cas un bon élan. Sachant parfaitement ce que cela signifiait pour moi, je dis à ma sœur :

— Va-t'en pas Dédette. On te gardera quand même.

Ses narines frémirent ; ses lèvres se mirent à trembler ; j'eus bien peur qu'elle ne se mît elle aussi à pleurer. Mais non, elle se prit comme avec furie à sortir tout ce qui restait au fond de sa malle. Elle lançait les boîtes à la volée autour d'elle, sans plus même s'arrêter à regarder ce qu'il y avait dedans. Moi je surveillais comme je pouvais cet envol des boîtes, je cherchais sans trop en avoir l'air un bout de mon ruban jaune, car je ne l'avais pas revu depuis que ma sœur faisait ses rangements. Mais cela volait trop vite, et, bien qu'elle ne semblât plus disposée à m'empêcher de fouiller à mon goût, je n'osais pas, précisément à cause de cette indulgence inattendue. J'étais aussi toute perdue parmi toutes les pensées que j'avais. L'une de celles qui me tracassaient le plus était de savoir comment Odette, si elle donnait tous ses vêtements, allait pouvoir s'en aller de chez nous.

Alors elle me montra dans un tiroir des piles de gros linge rugueux en coton gris.

— Tu vas mettre ces affaires-là ?

Elle me fit signe que oui, et je lui donnai ma franche opinion :

— C'est laid... et puis ça va te piquer.

Elle m'attira vers elle. Je n'aimais pas plus qu'un petit chat être serrée, retenue dans les bras des gens, mais je laissai quelque peu faire Odette. Elle aussi me regardait tout à coup avec une grande curiosité, comme si elle ne m'avait jamais bien vue avant ce jour-là. Elle tenta de démêler mes cheveux avec ses doigts.

— Tu ne te peignes pas souvent, me reprocha-t-elle.

C'était un vieux reproche, mais fait sur un ton si affectueux qu'il fit monter en moi l'inquiétude, le souvenir des choses tristes de ma vie, je ne sais quoi encore que je n'aimais pas, et je commençai à me tirer l'oreille.

— Il ne faudra pas non plus, me dit Dédette, que tu te tires tout le temps l'oreille.

Je ne sus plus alors que faire de mes mains, je regardai ma sœur dans le plus grand embarras.

Tant de ténacité à la suivre partout pouvait s'interpréter comme la preuve d'une affection peu commune chez une enfant de mon âge. Peut-être Odette se reprocha-t-elle de ne pas l'avoir tout à fait méritée. J'hésitais à détruire une si forte illusion et, du même coup, cette image qu'elle se faisait de moi-même, et qui me plaisait assez, d'une bonne petite sœur affectueuse.

Tête basse, je m'éloignai sans parler davantage du ruban jaune... et pourtant le départ d'Odette approchait !

Je n'eus plus beaucoup d'occasions de la trouver seule ; maintenant elle faisait le tour des parents, des amis ; je regrettai tant de bonnes occasions, tant de moments propices à l'expression de mon désir.

Un jour, nous eûmes une espèce de repas de fête où chacun dit qu'il ne pouvait y avoir de plus grand honneur que celui de donner un enfant à Dieu ; malgré cela, nos amis et nos parents avaient peine à avaler les bonnes choses de la table ; pour une fois que nous avions tant de mets rares assemblés, je trouvai malheureux que personne n'eût d'appétit.

Puis, dans deux autos louées, nous sommes allés conduire à la gare Dédette et son amie Carmel, la décision de l'une ayant, disait maman, emporté celle de l'autre. La malle de Dédette était partie d'avance et, parfois, j'avais une inquiétude : ma sœur n'aurait-elle pas renoncé à tout sauf au ruban jaune ? Dans une petite boîte, autour d'un paquet de lettres, peut-être filait-il vers Montréal...

Sous la haute voûte noire, tous ensemble, les parents pleuraient, surtout maman qui disait : « Une enfant en religion, c'est une garantie pour le ciel. »

Et alors, moi aussi, je me mis à pleurer. Je ne sais pas au juste pourquoi. Il paraît que dans ce temps-là je savais pleurer à mon gré, par convenance ou pour me faire mieux voir des autres. Mais je pense que c'est précisément depuis ce jour que je n'ai plus eu besoin, pour pleurer, de vouloir pleurer.

Odette nous avait tous embrassés à tour de rôle. Elle était montée sur le marchepied ; j'étais là parmi les autres, dans ma robe neuve, bien peignée, tout près du train qui allait partir. Et, tout à coup, dans un grand élan, Odette me souleva de terre, elle me serra à m'étouffer. Elle me disait :

— Adieu Grichepoil !... Adieu !... Sois une bonne petite fille !... Sois toujours sage !...

Alors, cramponnée à Odette comme un petit chat à un poteau, pleurant dans son cou, je lui ai demandé :

— Dédette !... Dédette !... Ton petit ruban jaune... si tu voulais !...

— Oui... oui... il est dans ta chambre, dit-elle en me déposant sur le quai, car le train partait.

Et c'est pour moi, pour moi surtout, je crois, que si longtemps, tant qu'elle fut visible, Odette agita son mouchoir.

Après cela, ce qu'est devenu le petit ruban jaune... je ne m'en souviens plus.

MA COQUELUCHE

Bénie soit ma coqueluche ! Je toussais, je verdissais ; je n'avais plus aucun goût pour manger ; mes poumons devaient parfois crier pour avoir de l'air, et, selon le mot de maman, je « chantais le coq ». Alors elle me retenait près d'elle, m'apaisait de la main. C'est une cruelle maladie que celle qui prive les enfants d'air et les oblige à contrefaire le chant du coq ! Pourtant, les quintes passées, le désir me reprenait d'aller jouer avec mes petits amis, et je pleurais parce qu'on me le refusait. Ce fut vraiment la pire des maladies que j'aie eues, puisqu'elle m'interdisait d'approcher les autres enfants et, ce qui est plus triste encore, m'obligeait à les repousser si, dans la bonté de leur petit cœur insouciant de la maladie, ils venaient quand même vers moi. Comme un lépreux agite sa clochette, je devais avertir : « J'ai la coqueluche ; ne venez pas près de moi. »

C'est alors que papa s'en fut à Winnipeg m'acheter un hamac.

Je passais presque tout mon temps assise dans ma petite chaise sur la galerie, malgré la chaleur tout enveloppée de laine, comme une petite vieille, et envieuse !... envieuse !... Papa revint avec un gros paquet sous le bras. Il le défit, et j'aperçus le beau hamac tissé de brillantes couleurs : rouge, bleu... et jaune, je pense. Mon père installa le hamac entre deux des colonnes qui supportaient le toit de notre galerie. Ainsi, dit-il, je serais partiellement au soleil et partiellement dans l'ombre. Ensuite papa fixa une corde à un arbre non loin de la galerie ; couchée dans mon hamac, tirant un peu cette corde, je pourrais me balancer sans effort. Mon père me montra comment m'y prendre : un tout petit coup sur la corde, et une vague douce et lente m'emporterait. Maman mit un oreiller propre dans le hamac ; et, quand j'y fus allongée, ils vinrent tous voir si j'avais l'air d'y être bien.

Mais ce n'était pas encore assez pour ma coqueluche. De Winnipeg, papa avait apporté autre chose qu'il développa sous mes yeux. Alors, bien que je fusse si faible, j'ai ri un peu... de bonheur... C'était — se la rappelle-t-on ? mais la petite chose n'a pas encore de nom pour moi ; je l'appelais ma « chanson de verre » — un objet composé de fines lames de verre coloré, lâchement réunies par le haut et qui en bougeant, en se choquant doucement au moindre souffle d'air, faisaient un étrange petit bruit charmant. J'en avais entendu la musique fascinante, je ne sais où, dans la maison de quelques-uns de nos amis peut-être ; sans doute le petit carillon était-il placé au-dessus d'une porte ; en tout cas, depuis ce temps-là j'en désirais un de toute mon âme. Oui, mon âme aspirait à entendre cette petite musique pour enfants, sans notes compliquées, sans mélodie aucune, mais que je me rappelais capricieuse, argentine, exotique aussi : avec elle, des bois inconnus s'ouvraient, de bambous peut-être, et des indigènes glissaient entre les bambous. Cet objet était-il cher, introuvable ? Je l'avais longtemps demandé, puis, devant l'inutilité de mes prières, j'avais cessé d'en parler.

Mes yeux suivirent tous les mouvements de mon père qui, monté sur un escabeau, fixa le petit carillon de verre au plafond de la galerie, juste au-dessus de moi, en sorte que, couchée dans mon hamac, je n'avais qu'à lever le regard pour voir bouger les fines lamelles. Que d'heures, de semaines ai-je passées à tâcher de saisir comment se produisait la musiquette : serait-ce cette lame-ci qui frémirait ? serait-ce la rouge qui donnerait le son le plus clair ? Comment donc se faisait la musique ?...

Était-ce du temps perdu, tout cela ? Mais alors pourquoi est-ce le temps des questions futiles, des petits problèmes creusés pour rien, qui revient et toujours revient vers l'âme comme son temps le mieux employé !

J'ai dû passer tout l'été, presque tout l'été, au fond de mon hamac... et pourtant il ne m'apparaît que comme un seul instant chaud et tranquille, un instant fixé dans une petite musique claire comme le soleil.

Au début, par moments, quand j'allais un peu mieux, peut-être ai-je souhaité sortir du hamac ; aller en me tenant aux colonnes jusqu'au bout de la galerie ; cette colonnade toute blanche sur le devant de notre maison par ailleurs ordinaire, lui donnait à ce qu'il me semble grand air ; c'était même toute sa grâce ; ou bien est-ce mon souvenir embelli qui me la fait voir aujourd'hui telle une espèce de temple grec en notre petite rue Deschambault ? Quoi qu'il en soit, d'une colonne blanche à l'autre, je me traînais pour voir à quoi jouaient les enfants, où ils en étaient dans la construction d'un village de tentes ; et je m'inquiétais encore un peu de ce que je leur manquais peut-être...

Puis il me semble que je me suis bien éloignée de tout cela, que d'un seul coup j'ai traversé ce qu'on appelle une période de la vie. Dans mon hamac, toute seule et bercée par le vent seulement, je découvrais d'autres jeux combien plus rares et fascinants ! Celui du vent par exemple ! Car c'était bien lui, le musicien ! N'avait-il pour en jouer que les fils du téléphone ou les branches des arbres ou quelques herbes, ou la poulie de la corde à linge, qu'il en tirait de beaux sons tout à fait reconnaissables les uns des autres ; dans les fils du téléphone c'est là je pense qu'il était le plus joyeux : on entendait presque les paroles chantées d'une longue conversation bruissante et vague, venue peut-être sur les fils d'une ville lointaine. J'ai découvert en ce temps-là presque tout ce que je n'ai jamais cessé de tant aimer dans la nature : le mouvement des feuilles d'un arbre quand on les voit d'en bas, sous leur abri ; leur envers, comme le ventre d'une petite bête, plus doux, plus pâle, plus timide que leur face. Et, au fond, tous les voyages de ma vie, depuis, n'ont été que des retours en arrière pour tâcher de ressaisir ce que j'avais tenu dans le hamac et sans le chercher.

Mais en moi-même, où je pouvais plonger à tout instant, si proches de moi qu'elles auraient pu rester invisibles, là étaient les pures merveilles ! Comment ne sait-on pas plus tôt qu'on est soi-même son meilleur, son plus cher compagnon ? Pourquoi tant craindre la solitude qui n'est qu'un tête-à-tête avec ce seul compagnon véritable ? Est-ce que sans lui toute la vie ne serait pas un désert ?

Et que ne m'avait-on dit que courir, sauter à la corde, marcher sur des échasses, grimper dans les granges ne sont que des jeux vulgaires, vite éventés, vite dépassés ! Mais apercevoir dans le ciel un château blanc, y voir arriver un cavalier monté sur un cheval blanc dont la crinière et les pattes se défont à mesure qu'il approche... et le cheval est plus grand que le château... mais tout à coup château et cavalier fondent au soleil... Ou bien encore, dans le hamac, être comme dans une haute caravelle qui atteint les mers du Sud... et déjà on entend le tam-tam des îles ; la reine s'apprête à nous faire manger des petites tortues et des fruits ; dans le haut d'un palmier est grimpé un petit Nègre tout nu que le vent berce comme une plume... Ah ! voilà des jeux auxquels il vaut la peine de se livrer !

Mais je jouais aussi parfois à me chagriner. J'inventais que nous étions morts, nous de la maison ; un voile de crêpe pendait à notre porte, et on récitait le chapelet autour de nos cercueils : parfois je bronchais même à la goutte d'eau bénite dont on aspergeait mon visage immobile. Puis je jouais à être réjouie ; je renvoyais les amis, les parents affligés ; je ressuscitais les morts ; je donnais en leur honneur un banquet, et nous ne mangions que des prunes bleues.

Je sommeillais d'un rêve à l'autre ; parfois, j'emportais dans mon rêve inconscient le tissu fin et léger des rêves éveillés, et de même le rêve du fond marin me suivait au réveil et se mêlait aux nouveaux voyages que j'allais faire. Le bercement de mon hamac aidait la trame de mes contes. N'est-ce pas curieux : un mouvement lent et doux, et l'imagination est comme en branle ! Docile, docile au moindre départ, un petit bercement lui suffit... Il y a une inquiétude, on dirait, qui s'en va de nous lorsque nous sommes en mouvement sans qu'il nous en coûte d'effort. Peut-être ce repos n'est-il connu que de ceux-là qui ont appris à se bercer !

Mais, parfois, la corde glissait de ma main détendue. Le vent se taisait ; un souffle chaud passait sur moi ; j'étais comme dans la mer des Sargasses où les voiles tombent... Au temps de ma coqueluche, j'ai retrouvé sans effort ce que j'avais appris à l'école ou dans les livres et cru oublié : — du moins ce qui m'avait plu — le cap de la

Bonne-Espérance, Drake, capitaine d'Elizabeth... Sir Walter Raleigh !... Bien souvent ce n'étaient que des noms qui me tenaient compagnie. Il y en avait dont je devais ignorer complètement ce qu'ils signifiaient, que j'aimais sans doute pour leur seule sonorité et que je me répétais tout l'été sans cesse ; l'un de ces mots était : l'Eldorado.

Parfois donc, le hamac ne me berçait plus ; mes voiles s'affaissaient ; inconsciemment peut-être je geignais d'être revenue à la terre.

Alors quelqu'un en passant près de moi doucement donnait une petite poussée au hamac. Savaient-ils donc que comme un morphinomane à sa drogue j'étais assujettie au mouvement, que le calme plat me réveillait de mes songes ? Une main poussait un peu le hamac. Parfois même un visage se penchait sur le mien enfoui tout au fond du hamac et si creux, si maigre, si enfoncé, disaient-ils, qu'il n'en restait plus que les yeux. Mais, les yeux fermés, qu'en restait-il donc ? Ils disaient aussi que je ne pesais pas plus à huit ans qu'autrefois, quand j'en avais quatre. Pareil retour en arrière les effrayait. Pour moi, j'étais plutôt intéressée par ce chemin à rebours. À reculons, est-ce que je ne m'en retournerais pas d'où je venais ? J'étais libre, si légère, toujours en voyage !

Oui, ils se penchaient souvent sur moi. Je gardais les yeux fermés, car je savais toujours qui me regardait... au souffle peut-être... à je ne sais quel mystérieux rayonnement de la tendresse qui traverse des paupières closes... C'était Alicia, ou Agnès, les deux parfois ensemble... Je n'ouvrais pas les yeux parce que m'était insoutenable, trop beau, ce qu'une fois j'avais aperçu dans ces visages penchés.

Car, ne le savais-je pas dès le début ? le hamac au vent, la musique du verre, la main qui poussait le hamac... est-ce qu'à tout ce bonheur j'avais seulement le droit de survivre ?...

LE TITANIC

Un grand bateau avait péri en mer, et longtemps, pendant des années, on en parla encore aux veillées par chez nous, dans le Manitoba. Pour un rien, un cri du vent parfois, les gens s'en ressouvenaient. La tempête, si mauvaise ce soir-là, peut-être nous força-t-elle plus que d'habitude à faire attention au malheur.

D'abord, il y eut sur la galerie ce bruit de pas qui à tous nous parut inconnu. Quelqu'un secouait la neige de ses bottes et marchait vers la porte de la cuisine. C'est là que nous veillions quand il faisait très froid ; et alors, plutôt que de frapper à la porte avant, les gens venaient à l'arrière de la maison, seul éclairé et qui devait leur paraître plus accueillant. Et puis, il faut bien le dire, lorsqu'il était tombé beaucoup de neige en peu de temps, on ne déneigeait pas toute la galerie ; on allait au plus court ; on faisait un seul sentier conduisant à la cuisine. Le bruit de pas, dès que nous l'avons entendu à travers le vent, était donc tout près de nous. Maman a sursauté. Elle a dit, comme si cette nuit il ne pouvait nous arriver que du danger :

— Seigneur, qui ça peut-il être !

La porte ouverte, nous avons aperçu entouré de rafales un homme entièrement couvert de fourrure, le bonnet de racoon enfoncé jusqu'aux yeux, le col de la pelisse remonté ; le peu de visage que nous voyions était rouge de froid, rieur cependant ; les yeux brillaient, la petite moustache était raide de givre.

— Mon Dieu !... Majorique ! a dit maman, reconnaissant son plus jeune frère venu de la campagne pour ses affaires en ville. Entre. Quel temps pour venir nous faire une visite ! Mais entre, entre vite te réchauffer.

Puis elle a songé à faire les présentations, car il se trouvait chez nous ce soir-là un monsieur Elie et sa femme, Clémentine, tous deux du village de Lasalle, et, quand ils venaient en ville, eux aussi il me semble se retiraient chez nous. Ensuite, bien que nous eussions, à plusieurs reprises déjà depuis une heure, ouvert la porte rien que pour éprouver la force de la tempête, maman s'informa du temps ; mais, l'hiver, au Manitoba, y avait-il sujet plus passionnant pour nous que celui du temps qu'il faisait, notre ennemi à la fois le plus mystérieux et le plus palpable !

— Terrible ! Un fou déchaîné ! dit mon oncle Majorique.

Sa pelisse ôtée, il avait l'air jeune, mince et tout heureux de vivre, avec ses yeux noirs pétillants, une raie enfoncée comme un sentier dans ses cheveux noirs si épais.

— Il ne ferait pas bon être en mer ce soir, dit-il à maman.

Des petites choses fines, des mots comme ceux-ci, c'était à maman de préférence qu'il les disait.

Mais d'où vient que nos plaines glacées, que nos pauvres plaines gelées ne suffisaient pas à nous donner une assez haute idée de la solitude ! Que pour en parler comme il faut, nous autres, gens enfoncés au plus intérieur du continent, nous évoquions l'océan ! Était-ce qu'il y avait en nous beaucoup d'imagination, et trop de peine pour autrui ?... M. Elie, un peu penché dans l'ombre, a parlé dans notre sens :

— Ce doit être par une nuit comme celle-ci que le *Titanic* a péri.

Sa femme presque jamais n'exprimait d'opinion devant son mari ; pourtant, ce soir, elle eut comme un peu de volonté personnelle :

— N'est-ce pas plutôt par une nuit de brume que le beau navire s'est perdu corps et biens ?

J'ai remarqué qu'elle disait : corps et biens, comme on dit corps et âme à propos des hommes, mais j'ai demandé d'abord ce qu'était la brume.

— La brume ?...

L'un m'a répondu que c'était comme du coton répandu partout dans l'atmosphère ; un autre l'a décrite comme une vapeur très fine telle qu'il en sortait de notre « canard » sur le poêle, mais évidemment plus épaisse et par ailleurs froide. Mon oncle m'a parlé d'un courant d'eau chaude dans la mer qui ne voulait pas se mêler aux eaux de glace, et toutes deux luttaient ensemble... Était-ce donc leur haleine qui empêchait de voir ? J'ai compris combien il est difficile de définir les choses vraies. Mais maman dit que la brume c'était un peu comme dans nos rêves malheureux, alors qu'un sixième sens nous avertit d'un danger que nous ne pouvons ni voir ni toucher ; il est embusqué dans de l'invisible tout blanc... Alors j'ai assez bien aperçu la misère du grand bateau non loin de Terre-Neuve.

—Le bateau le plus solide qu'on avait jamais construit ! dit M. Elie ; néanmoins il courait à sa perte ; car Dieu punit toujours l'orgueil.

Dans notre cuisine, au-dessus de la machine à coudre de maman, il y avait Dieu justement, je veux dire le Père. Au bas de l'image se trouvait la Sainte Famille ; Jésus était jeune ; Marie et Joseph assis ; ils avaient l'air de gens comme nous, contents d'être tous trois ensemble ; et, parfois, je m'imaginais que la chaleur de notre gros poêle les réjouissait eux aussi. Mais Dieu le Père se tenait seul dans un nuage. Étaient-ce ses sourcils froncés qui lui donnaient cette expression de toujours vouloir nous prendre en faute ?

—Ils dansaient, continua M. Elie, sur leur bateau. Danser, dit-il, au milieu de l'océan !

—Il y a donc de la musique pour danser sur un bateau ?

Mon oncle Majorique sourit un peu à ma question, mais sans intention de me moquer. Au contraire, mon oncle Majorique aimait expliquer les choses, et il le faisait bien, car il avait chez lui la série complète de l'encyclopédie Britannica. Or, dans les fermes du Manitoba, l'hiver, il ne reste plus grand ouvrage ; alors mon oncle apprenait dans ses livres comment fonctionnent le téléphone, la télégraphie sans fil, la radio ; quand il venait chez nous il nous les expliquait à l'aide de comparaisons très fines ; il faisait des dessins pour mieux nous faire comprendre. Il se mit donc à me renseigner : sur un bateau il y avait des cuisines, des marmites, des bibliothèques, des salons avec des lustres, des fleurs fraîches, des jeux de toutes sortes pour récréer les passagers, des comptoirs pour régler les affaires, un petit journal de bord, un barbier, un masseur, des stewards ; bref, c'était une ville qui s'en allait seule sur les mers...

Le soir elle était pleine de lumières qui se déversaient sur les vagues, et un moment peut-être l'eau noire en était comme réjouie...

Et je ne sais pourquoi, à mesure qu'il m'énumérait ce qu'il y a sur un bateau, j'avais le cœur mal à l'aise, mais j'étais avide d'en apprendre plus encore. Et quand mon oncle ajouta que certains bateaux tout à fait modernes disposaient même d'une piscine, je saisis une image à la fois curieuse et drôle ; pourtant elle ne me porta nullement à rire ; au contraire, j'eus une peine inconnue et affreuse à l'idée de gens qui se mettaient dans l'eau d'une piscine contenue dans un bateau au milieu d'une eau infinie. Mon oncle Majorique répondit à M. Elie :

— En effet, ils dansaient mais il ne faut pas l'oublier, les couples sur le *Titanic* étaient presque tous des nouveaux mariés... en lune de miel... Monsieur !

Alors mon oncle Majorique a vu la question dans mes yeux. Il m'a dit ce qu'était la lune de miel :

— Le temps des amours, au début du mariage, quand tout est beau...

— Ensuite, c'est moins beau ?

Ils ont ri un peu, mais mal à l'aise et en se regardant entre eux d'un air qui n'était pas franc. M. Elie parut fâché et tout sombre. Seul mon oncle Majorique ne changea pas beaucoup de contenance. Et il me dit que c'était un temps où les mariés pouvaient à peine se passer l'un de l'autre, qu'ils étaient toujours à se becqueter...

Alors maman a fait un signe à mon oncle Majorique. Il a chantonné un petit bout de chanson. Je pensais à ces pauvres gens si heureux d'être ensemble sur le bateau. M. Elie a ricané tout à coup. Il a dit d'eux, de ceux du *Titanic* :

— Hammerstein !... Vanderbilt !... La haute finance de New York !... Voilà ce qui se trouvait sur le *Titanic* ! des millionnaires !

Ainsi les pauvres gens étaient riches !

— Oui, fit mon oncle Majorique, des couples riches, beaux, jeunes, heureux !

— ... Et ils pensaient leur bateau à l'épreuve de tout danger, fit M. Elie.

—C'est mal, leur ai-je demandé, de construire un bateau solide ?

Même M. Elie parut surpris de ma question. Il a convenu que non, il supposait que ce n'était pas mal, mais, par exemple, ça l'était de se croire à l'abri de la colère de Dieu. Mais pourquoi avait-il l'air si content de la colère de Dieu ?

—Hélas, dit mon oncle, le capitaine avait été averti de la présence d'icebergs dans les parages ; ils auraient pu encore être sauvés, si seulement le capitaine avait donné l'ordre de diminuer la vitesse du navire. Mais non, le *Titanic* fendait les flots à sa vitesse normale, très grande pour l'époque...

—Un iceberg... ai-je demandé, c'est quoi ? et j'avais peur de l'apprendre.

Mon oncle Majorique me dit comment des montagnes de glace se détachent des banquises du Labrador, combien notre pays est malheureux, cruel aussi, puisque ces montagnes descendent sur les routes maritimes... et sous l'eau elles sont sept ou huit fois plus grandes que ce qui émerge...

J'ai bien vu alors le beau et solide bateau blanc. Il passait, tous ses hublots illuminés, sur le mur de notre cuisine. Mais, du côté de M. Elie, venait droit vers le bateau la monstrueuse montagne partie du Labrador. Et ils allaient se rencontrer dans ce pire endroit de la mer... N'y avait-il pas moyen de les avertir encore une fois ?... C'est grand pourtant l'océan !...

—La trompe de brume du *Titanic,* dit mon oncle, résonnait dans ce silence opaque... et puis, à un moment, l'écho qui en revint au bateau était proche, tout proche...

Nous avons un peu fermé les yeux.

—L'éperon de glace, dit mon oncle, avait pénétré en plein cœur du *Titanic.*

Tout bas, comme lorsqu'il y a de la peine autour de nous, maman a demandé :

—Il s'est passé combien de temps, Majorique, te rappelles-tu, entre ce moment du choc et l'instant où a sombré le *Titanic* ?

— Pas longtemps... une vingtaine de minutes peut-être...

J'ai regardé l'horloge, guettant les aiguilles.

— N'est-ce pas, dit maman, qu'alors ils se mirent à chanter *Nearer My God to Thee* ?

Les minutes avançaient ; j'ai demandé :

— Comment est-ce que ça sombre un bateau ?

M. Elie a pris plaisir à me renseigner.

— Un bateau qui sombre, dit-il, penche, penche jusqu'à se dresser presque debout sur les flots. — Il se servait de son stylo pour me montrer comment et le maintenait la pointe en bas, au-dessus du vide. — Puis, tout à coup, il pique dans les profondeurs de l'océan. Il va s'enfouir à tout jamais. Rien ne disparaît peut-être aussi complètement qu'un navire descendu dans la mer...

— Mais les gens, ai-je crié, les gens heureux, les Vanderbilt ?

— On avait fait descendre les femmes, les enfants dans des barques de sauvetage, dit mon oncle ; mais plusieurs furent renversées ; les malheureux se débattirent quelque temps dans une eau de glace...

— Mais les enfants, les enfants aussi piquaient droit dans les profondeurs ?...

— Nous devrions parler d'autre chose, a dit maman, après m'avoir regardée. Il est tard... Tu devrais être au lit depuis longtemps...

J'ai fait la sourde. Lorsque les histoires étaient affreuses, très intéressantes, quelquefois maman oubliait de me rappeler à l'ordre.

— Au loin, un cargo aurait pu venir à leur secours, dit mon oncle ; mais le télégraphiste du cargo, à qui, du *Titanic,* on avait répondu : Nous ne craignons rien, le télégraphiste depuis cette réponse avait enlevé ses écouteurs. Ainsi le S.O.S. du *Titanic* avait erré dans le noir sans trouver d'abord une seule oreille...

— Oui, fit M. Elie, Dieu punit parfois de façon effroyable la présomption humaine.

— N'empêche, dit mon oncle, qu'on a bâti depuis de plus grands et plus solides bateaux encore. On vole aussi de mieux en mieux dans les airs. Et qui sait !... Demain peut-être, les hommes iront dans la lune... jusqu'à la planète Mars...

— Mon Dieu ! gémit la pauvre Clémentine Elie, j'aime mieux mourir que voir s'accomplir ces choses !

— Elle est peut-être habitée, soutint mon oncle Majorique.

J'allai me réfugier près de lui. Il me mit sur ses genoux. Il caressa mes cheveux.

— Moi, disait-il, j'aimerais vivre longtemps, très longtemps ; je suis curieux de voir ce que les hommes vont tenter.

Mais Dieu le Père était dans les nuages. Est-ce que les avions monteraient jusque-là ?... Est-ce que Dieu les laisserait passer ?... Est-ce qu'il voulait qu'on aille jusqu'à Mars ?... Partout, en nous, autour de nous, il m'a semblé que c'était plein de brume.

LES DÉSERTEUSES

I

Vers le milieu du pont Provencher, maman et moi nous fûmes environnées de mouettes ; elles volaient bas au-dessus de la rivière Rouge ; maman prit ma main et la serra comme pour faire passer en moi un mouvement de son âme ; cent fois par jour, maman recevait de la joie de l'univers ; parfois ce n'était que le vent ou l'allure des oiseaux qui la soulevaient. Penchées sur le parapet, nous avons longtemps regardé les mouettes. Et, tout à coup, sur le pont maman me dit qu'elle aimerait pouvoir aller où elle voudrait, quand elle voudrait. Maman me dit qu'elle avait encore envie d'être libre ; elle me dit que ce qui mourait en dernier lieu dans le cœur humain ce devait être le goût de la liberté ; que même la peine et les malheurs n'usaient pas en elle cette disposition pour la liberté... Maman me parlait assez souvent de telles idées, peut-être parce que j'étais trop jeune pour trouver cela mal ; peut-être aussi n'avait-elle personne d'autre que moi à qui les dire.

Mais maman, dans le passé, avait déjà parlé d'être libre, et il n'en était résulté que plus d'enfants encore, beaucoup plus de couture, beaucoup plus d'ouvrage. Si captive, pourquoi donc maman ne cessait-elle pas de souhaiter la liberté !

Elle se mit à sourire en regardant les mouettes. Et elle me dit :

— On ne sait jamais ! Tant de choses arrivent !... Avant d'être tout à fait vieille, peut-être que je voyagerai, que je vivrai quelque aventure...

— Tu es vieille déjà, ai-je dit à maman.

— Pas tant que ça, a dit maman un peu vexée. Tu verras toi-même, quand tu auras quarante-neuf ans ; tu croiras avoir encore quelques bonnes années devant toi.

— Oh ! ai-je protesté ; je n'aurai jamais quarante-neuf ans !

Et maman a convenu qu'elle était pas mal vieille, qu'il était tard, c'est vrai, pour obtenir de la vie tout ce qu'elle en avait voulu.

Mais qu'est-ce qu'elle avait tant voulu avoir de la vie ? lui ai-je demandé. N'était-ce pas une maison, son mari, moi et les autres enfants ?

Maman a dit que non, que dans sa toute première jeunesse du moins, ce n'était pas ce qu'elle avait souhaité uniquement ; pourtant, a-t-elle ajouté, son mari, sa maison, ses enfants, elle ne les échangerait contre rien au monde.

Nous avons continué notre route vers les grands magasins de Winnipeg où, au début de chaque mois, nous allions dépenser l'argent de papa ; et presque tout cet argent, hélas ! passait en riens, en choses indispensables... Mais les mouettes accompagnèrent nos pensées... jusque chez Eaton... au rayon des étoffes... Maman s'était arrêtée pour examiner une pièce de drap bleu marine. Elle en déroula un bout qu'elle appliqua contre elle-même de l'épaule à la hanche ; et, se plaçant devant une glace, maman étudia le reflet de l'étoffe contre son visage. Elle me demanda ce que j'en pensais.

— Est-ce que cela, me demanda-t-elle, ne me ferait pas un beau costume de voyage ?

Mais j'étais fâchée que maman pût désirer autre chose qu'être à jamais captive de moi et de la maison, et je ne lui montrai pas beaucoup d'enthousiasme ; pourtant, son visage contre le drap neuf me parut un peu moins fatigué ; mais peut-être était-ce le sourire, la convoitise timide de maman qui changeaient toute sa physionomie

Nous n'avons pas acheté le drap cette fois-là, mais le mois suivant peut-être... Je ne sais plus au juste... Nous sommes revenues au comptoir des étoffes, et, cette fois, il ne restait pas beaucoup de celle que maman avait tant aimée. La vendeuse nous avertit que sûrement il n'en resterait plus la semaine suivante. Alors maman a fait couper un bon morceau du rouleau ; elle a surveillé la vendeuse de près quand celle-ci a mesuré la quantité commandée. Puis elle a pris son paquet sous son bras et nous sommes parties à pied ; cela nous faisait deux milles ; j'étais fatiguée de marcher. Mais maman, son paquet sous le bras, allait d'un pas vif. Presque jamais je ne l'avais vue acheter quelque chose qui ne fût que pour elle-même, et je n'en revenais pas de surprise. Je n'aimais pas beaucoup la voir changer de la sorte, penser à ses goûts, s'accorder un caprice ; et, cependant, je ne peux pas dire qu'il me déplaisait de la voir marcher sans fatigue, la tête en l'air, se souriant à elle-même. Sans doute voulais-je garder captifs les êtres que j'aimais, mais je les aurais voulus heureux dans leur captivité.

Je demandai à prendre le tram, mais maman m'exposa que nous avions commis une folie de dépense et qu'il faudrait maintenant se racheter en économisant les cents. Nous avons retraversé le pont, et les mouettes nous ont accueillies de leur petit cri pointu, si étrange !... « À quoi va servir à maman, me demandai-je, d'avoir un costume de voyage ? Ce n'est pas moi, ni mon père, ni les autres enfants qui la laisserons jamais partir !... »

Papa était absent. Souvent il restait au loin tout un mois et même davantage. Papa était un homme estimé, honorable ; cependant, il n'y a pas à dire, la maison était beaucoup plus gaie quand mon père n'y était pas. Papa ne pouvait souffrir la plus légère dette derrière lui ; son premier souci était de payer d'abord les dettes, si bien qu'il n'avait guère le temps de se soucier d'autre chose. Il tenait aussi à ce que nous ne lui disions que la stricte vérité, et rien n'est aussi inexact parfois qu'une vérité stricte ; il n'aimait pas le bruit, et il voulait des repas servis à l'heure, de l'ordre dans la maison, les mêmes, toujours les mêmes choses aux mêmes heures et de jour en jour...

Maman se mit à coudre. Les « moyennes » vinrent voir ce qu'elle cousait ; quand elles s'aperçurent que maman cousait pour elle-même, elles s'en désintéressèrent et s'en allèrent, l'une se balancer dehors dans le hamac, l'autre lire dans sa chambre. Moi seule, je demeurai près de maman, inquiète de ce que la liberté qui s'agitait dans son cœur allait peut-être nous causer de tort.

Maman fit son costume en deux pièces : une jupe un peu entravée, et une jaquette longue, avec deux grandes poches à soufflet ornées d'une patte en même étoffe, et sur la patte il y avait un bouton ; de plus maman ajouta une petite cape, une « demi-cape », disait-elle, qui retombait dans le dos jusqu'aux coudes.

Quand le costume fut entièrement faufilé, maman l'essaya et me demanda si je trouvais qu'il lui donnait l'air d'une voyageuse.

Je dis que oui, que maman avait l'air d'un postillon. Et maman, virevoltant devant moi, fit tournoyer la cape comme si le vent était dedans. Elle eut l'air si libre que je ne pus m'empêcher de me mettre à bouder.

Alors, dans ce qui restait de retailles, à force de les ajuster les unes aux autres dans le bon sens de l'étoffe, maman réussit à me faire à moi aussi une jaquette de voyage, exactement comme la sienne, avec des poches à soufflet, un petit col raide très haut, la cape, et tout. Pour la jupe il nous fallut retourner chez Eaton ; fort heureusement il restait de l'étoffe, et si peu que maman l'eut au rabais. Dès lors, je ne fus plus hostile à la liberté.

Nos deux costumes de voyage terminés, maman me dit :

—J'ai une idée : allons nous montrer à Mrs. O'Neill comme toutes prêtes à partir ; j'ai l'impression qu'elle va être tentée. Endossons nos redingotes et allons passer devant chez Mrs. O'Neill avec l'air d'aller plus loin.

Mrs. O'Neill était venue tout droit d'Irlande habiter une maison de la rue Desmeurons, à deux minutes de chez nous, et elle s'y ennuyait à mourir, en regardant dans le salon des gravures, des eaux-fortes qui représentaient des paysages de brume, des lacs pâles, des prairies si mouillées qu'à les voir on se sentait l'envie d'éternuer. À quelqu'un venu de ce pays-là, notre petite ville de maisons, de trottoirs en bois devait paraître bien sèche. Il arrivait même à maman, qui avait passé là presque toute sa vie, de s'y ennuyer par moments. Du reste, toutes les grandes personnes que j'ai connues en ce temps-là paraissaient s'ennuyer. Moi, je ne m'ennuyais pas... Sans doute possédais-je encore quelque chose que je ne savais pas avoir, mais, lorsqu'on l'a perdu, toute sa vie on cherche à le retrouver !

Maman devait être un bon juge des caractères. Mrs. O'Neill, qui ce jour-là était assise dans sa galerie, dès qu'elle nous vit venir, quitta sa chaise ; elle ouvrit la moustiquaire et fit quelques pas à notre rencontre.

— *My gracious !* Quels jolis costumes vous avez là ! Comme ils iraient bien à moi et à ma petite Elizabeth !

— Ce n'est pas grand-chose, dit maman ; je les ai faits moi-même.

— Que vous êtes habile ! dit Mrs. O'Neill. *Oh, dear !* tournez-vous un peu, me demanda-t-elle, que je voie comment est faite la gentille petite cape... Cela me rappelle mon oncle Pat et son macfarlane qu'il mettait pour aller au bourg... Est-ce que vous ne pourriez pas faire deux autres costumes pareils ? demanda-t-elle à maman. Un pour moi, un pour ma petite fille ? J'aimerais bien aussi... de *big pockets*... on peut y mettre tant de choses !...

Alors maman expliqua que le costume était une création pour ainsi dire, enfin une idée entièrement sortie de son cerveau, et qu'en général on ne répétait pas une création.

— Ah ! je vous donnerai le prix qu'il faut, dit Mrs. O'Neill. *Oh please !*

Maman eut quelques remords d'avoir accepté la commande de Mrs. O'Neill. « Ce n'est peut-être pas bien, ce que j'ai fait là, dit-elle ; Dieu sait ce que j'ai pu mettre dans la tête de Mrs. O'Neill. Il est peu probable que le costume, même quand elle l'aura, puisse la mener jusqu'en Irlande. D'un autre côté, dit maman, j'aurai cinquante dollars de Mrs O'Neill pour les deux créations et pour des robes que je vais lui rafistoler. Pour le voyage que je ferai, je ne prendrai donc pas l'argent de ton père. »

Et elle m'expliqua :

— Si Dieu me donne le moyen de gagner assez d'argent pour partir, c'est qu'il tient à ce que je parte.

Dieu devait être favorable aux idées de ma mère, puisque au même moment elle reçut dix dollars de son frère Majorique.

De nuit, toutes ses autres besognes terminées, maman fit les costumes de Mrs. O'Neill et d'Elizabeth ; elle les fit vert bouteille avec de la passementerie noire aux poignets et au collet, en sorte qu'ils furent aussi des créations, peut-être même plus belles que les nôtres. De cette façon, dit maman, elle réparait le tort qu'elle faisait peut-être à Mrs. O'Neill.

— Par ailleurs, dit maman, il est presque impossible, quand on reprend un même travail, de ne pas faire un peu mieux chaque fois.

Maman avait les yeux rouges d'avoir tant cousu la nuit ; je m'aperçus que le désir d'être libre la commandait presque aussi durement que les devoirs de son état.

Papa ne se doutait de rien. Il revint de la Saskatchewan à bout de fatigue et presque découragé. Ses Doukhobors s'étaient mis tout nus et, tels quels, ils avaient parcouru leur village en entier, parce que le gouvernement voulait les forcer à vivre comme tout le monde ; et les Doukhobors avaient répondu que Dieu nous a créés tout nus. Mon père paraissait las de l'espèce humaine et il nous regardait avec un peu d'envie.

Je me rappelle : ce jour-là, nous étions tous dans la grande cuisine ensoleillée et chacun semblait y être occupé à ce qui lui plaisait, maman à coudre, Alicia à broder ; une marmite se balançait un peu sur le poêle ; moi, je jouais avec le chat. Et papa dit :

— Je ne sais pas si vous savez, vous autres, à quel point vous êtes heureux ! Un bon toit sur votre tête ; de quoi manger ; la tranquillité. Je me demande si vous connaissez votre bonheur.

Maman eut un petit air de défi.

— Bien sûr, dit-elle, nous apprécions ce que nous avons ; mais, tout de même, parfois il serait bon de quitter la maison.

Elle expliqua :

— Il y a des fois, Édouard, où je changerais de vie avec toi : voyager, voir du neuf, parcourir le pays...

En parlant, elle s'était emballée ; ses yeux se mirent à briller. Je ne voyais rien là pour tant fâcher papa, mais voici qu'il se mit à traiter maman de trotteuse, de vagabonde, d'instable.

Maman, un peu piquée, répondit que c'était bien d'un homme

LES DÉSERTEUSES

de parler ainsi ; qu'un homme, parce qu'il avait la chance de sortir de la maison, s'imaginait que la maison, c'était le paradis...

Alors papa s'est fâché tout à fait ; il accusa toute la famille de maman qui était une famille de trotteurs, de gens qui n'avaient jamais su rester en place. Là-dessus, maman répliqua que dans toutes les familles il y avait des histoires, que c'était peut-être une bonne chose qu'on ne connût pas celle de papa, car dans celle-là aussi on aurait pu trouver des histoires.

Et papa dit :

— Au fond, tu aurais dû naître dans une roulotte.

— Sais-tu que ça ne m'aurait pas déplu du tout, Édouard, répondit maman.

Mais tout de suite après elle changea de sujet. Elle devint pleine de gentillesse.

— Viens manger, Édouard, dit-elle ; je t'ai fait une bonne soupe au chou.

Ce jour-là, il y eut sur la table tous les mets préférés de papa. Ensuite, quand maman vit papa rasséréné, elle l'aborda de côté :

— Tu penses bien, Édouard, que je ne te demanderai jamais d'argent pour faire un voyage... toi qui es si économe, qui travailles si dur !... Mais si tu m'obtenais un billet gratuit...

Papa devait être moins revenu à la bonne humeur que ne le croyait maman. Il bondit aussitôt :

— Jamais, dit papa, jamais je ne demanderai une gratuité au gouvernement pour te faire faire un voyage de plaisir... S'il s'agissait d'un décès...

— On ne voyage pourtant pas rien que pour voir les morts, se plaignit maman. Madame Guilbert a eu un permis pour aller visiter sa parenté du Québec... Je ne vois pas pourquoi...

— Non, dit mon père, je ne te ferai pas faire une promenade aux frais du pays.

— Si tu penses que c'est ce qui appauvrirait le pays ! dit maman, et elle fit une prédiction à papa : Veux-tu que je te dise, Édouard : nous serons toujours pauvres, tu seras toujours pauvre : tu es trop honnête !

Ils discutèrent encore ce sujet, mais c'était inutile : papa ne comprenait pas maman... et maman peut-être ne comprenait pas bien que papa, menant une vie errante, avait besoin à la maison de trouver du stable, du solide, semblable d'année en année, pour toujours autant dire.

Papa repartit en Saskatchewan essayer de faire entendre raison à ses Doukhobors. Il paraît qu'il y arrivait... par la douceur, par la patience... La Gendarmerie royale n'y était pas parvenue avec la prison. Plus tard, j'ai appris que papa, en colonie, était un tout autre homme qu'à la maison, très indulgent avec ses pauvres Slaves ; souvent même, là-bas, il était gai ; sous la tente, avec ses gens, en Prairie, papa chantonnait. Il voyageait beaucoup dans un break attelé d'une jument grise, et l'herbe haute de chaque côté de lui devait onduler ; les perdrix se levaient des petits marais. Comme c'est navrant ! Car, si papa s'était comporté parmi nous comme parmi les étrangers, et maman avec lui comme en son absence, est-ce qu'ils n'auraient pas été parfaitement heureux ensemble ?...

Papa regagna son poste, et les mouettes revinrent voler dans nos songes et nos pensées.

II

Mais pour s'en aller maman eut tant de liens à défaire qu'elle en devint malheureuse. J'ai vu alors que la liberté non plus ne laisse pas beaucoup de repos au cœur humain. Maman dut se séparer de Gervais qu'elle envoya pensionnaire au collège. Au couvent, elle demanda Sœur Édouard au parloir. C'était notre Odette qui portait maintenant ce nom. Maman lui demanda de prier pour un projet dont elle ne pouvait pas dire grand-chose, mais qui lui tenait à cœur. Un projet hasardeux, dit-elle ; Dieu ne le verrait peut-être pas d'un bon œil. Mais Odette promit de prier quand même.

Dès lors, il resta les moyennes à caser. Nous allâmes les conduire au couvent de Sainte-Anne-des-Chênes ; les sœurs de ce couvent firent à maman un prix très modique pour les deux ensemble : Alicia et Agnès. Elles avaient toutes les deux une belle et longue chevelure ; maman en ce temps-là en avait pour une heure chaque matin à peigner, brosser et natter leurs cheveux. Pour une femme qui tenait à la liberté, que de chaînes elle s'était faites ! Les deux moyennes avaient des robes tout en volants, en petits plis serrés et à large col empesé ; laver et repasser ces robes prenait une grande journée de maman.

La sœur Supérieure de ce couvent de Sainte-Anne-des-Chênes déclara tout de suite que dans son couvent on n'acceptait pas de robes compliquées ni de longs cheveux encombrants.

Maman promit qu'Alicia aiderait sa sœur à natter ses cheveux et qu'Agnès aiderait ensuite Alicia.

— Entre deux coups de cloche ! dit la Supérieure ; on voit bien que vous ne connaissez pas la vie de couvent !

Elle offrit un ultimatum à maman :

— Coupez les cheveux de vos filles ou reprenez-les.

— Vous êtes dure, dit maman ; on dirait une prise de voile.

Elle se fit apporter des ciseaux, puis un papier journal qu'elle étala sur le parquet verni du parloir. Mais au moment de mettre les ciseaux dans les cheveux d'Alicia, maman dit : « Non, je ne peux pas... retournons ensemble chez nous... » Toutes les autres filles de maman étaient blondes ou, du moins, d'un châtain clair. Mais Alicia avait des cheveux merveilleusement fins et « du plus beau noir de jais », selon l'expression de maman.

Cependant, Alicia et Agnès se mirent à supplier maman de leur couper les cheveux. Depuis longtemps, elles avaient envie d'être comme des garçons libres de leur chevelure.

Alors maman, les yeux fermés, donna un premier coup de ciseaux. Ensuite elle dut se dire : « Tant qu'à éviter de l'ouvrage à mes filles, autant le leur éviter tout à fait... » car elle leur enleva presque tous leurs cheveux. Quand elle vit la tête tondue des moyennes, maman se mit à se plaindre :

— Dieu, qu'est-ce que j'ai pu faire ! Ça, c'est une chose que votre père jamais ne me pardonnera.

Je n'ai jamais vu maison plus triste que la nôtre, quand nous y rentrâmes, maman et moi. Qu'elle fût si grande ne nous avait pas frappées avant, et non plus qu'elle répétât de pièce en pièce le son des voix. Nous nous sommes mises à marcher sur la pointe des pieds.

— Les bruits résonnent dans cette maison ! a dit maman ; et elle s'est assise pour écrire une lettre à papa.

« Cher Édouard, écrivit maman, je pars avec l'argent que j'ai gagné, mais, par malheur, je n'en ai pas assez pour payer les fournisseurs... »

Par-dessus l'épaule de maman, j'ai lu une bonne partie de cette lettre, et je n'aime pas me la rappeler. C'est la première fois de ma vie, je pense, où je n'ai plus souhaité être une grande personne ; être une grande personne, c'est avoir trop d'explications à donner... « Tu diras, Édouard, écrivit maman, que j'aurais dû te demander la permission. Mais il n'est pas sûr que tu me l'aurais donnée... tandis que je peux partir à présent avec du moins le bénéfice du doute... »

Après, nous avons verrouillé la porte à l'avant de notre maison ; nous avons glissé la clé sous le paillasson et nous sommes allées au coin attendre notre tramway sous une petite pluie froide et lente.

À la gare, maman eut déjà un air moins coupable. Pour le voyage, nous emportions notre pain. Si nous étions folles de partir, il fallait du moins être sages par ailleurs, dans les petites dépenses par exemple.

III

J'ai trouvé le Canada immense, et il paraît que nous n'en avons traversé qu'un tiers environ. Maman aussi paraissait fière que le Canada fût un si grand pays. Elle me confia qu'au fond, si les circonstances le lui avaient permis, elle aurait pu passer sa vie à voir des gens, des villes ; qu'elle aurait fini en vraie nomade, et que cela aurait été son malheur. Et je m'aperçus combien maman rajeunissait en voyage ; ses yeux devinrent tout pleins d'étincelles qui jaillissaient à la vue de presque tout ce que nous apercevions. Les petits sapins, l'eau, les rochers qui bordaient le chemin de fer, maman regardait tout cela avec amour. « Le monde est fascinant », disait-elle. Et j'en ai un peu voulu à papa de ne pas plus souvent permettre à maman d'avoir l'air jeune. C'est vraiment joli de voir une vieille femme reprendre un air de jeune fille. Moi, si j'avais été un mari, c'est ce que j'aurais le mieux aimé voir.

Tout un jour, nous avons longé le lac Supérieur.

—C'est le plus grand lac du monde ?

Maman m'a dit que oui, qu'elle pensait que c'était le plus grand lac du monde.

Et j'ai été fière que nous autres, au Canada, on ait le plus grand lac du monde.

—Il est plus grand que l'Ontario ?

Maman a bien ri.

—Comment voudrais-tu qu'il soit plus grand que l'Ontario, puisqu'il est contenu dans l'Ontario ?

Depuis ce jour, j'ai aimé le mot : Canada. Avant j'aimais surtout : la *Pampa* ou *Terra Del Fuego*. Dès lors, j'ai tout autant aimé le Canada. On voit tout de suite que c'est le nom d'un très grand pays. Et même dans ce temps-là je pense que je n'aurais pas souhaité vivre dans un de ces tout petits pays qui ne font qu'une tache sur la carte du monde.

Nous avons passé une autre nuit encore dans le train. Le lendemain, maman devint un peu soucieuse, et, quand nous fûmes dans la gare Windsor, elle eut l'air franchement tracassée. C'est que nous n'avions personne de bien proche de nous à Montréal. Maman avait souvent prétendu y avoir beaucoup de parents et, entre autres, un certain docteur Nault, son cousin, qui devait avoir gardé sa nature affectueuse. Mais dans la gare maman me dit qu'il y avait tout de même trente-cinq ans qu'elle avait perdu de vue ce cousin Nault, qu'il était devenu riche, que les gens lorsqu'ils deviennent riches se rappellent difficilement les choses, ou les visages d'autrefois...

Nous avons laissé notre plus grosse valise à la consigne. Nous avons ensuite trouvé l'adresse du docteur Nault dans l'indicateur du téléphone. Nous avons demandé à une dizaine de personnes quel tramway prendre ; quelqu'un nous a bien renseignées à la fin, et nous sommes parties vers la maison du cousin, emportant notre plus petite valise seulement.

— Comme ça, dit maman, nous n'aurons pas l'air de gens qui viennent se faire héberger. Cependant si nos cousins insistent pour nous garder, nous aurons quand même ce qu'il faut pour la nuit.

Et maman dut se mettre à se raconter l'accueil chaleureux que nous recevrions, car je la vis se sourire en dedans comme si elle était sûre de la Providence. Mais quelquefois aussi, elle l'appelait plutôt : son étoile.

Moi-même, je devais ressembler à mon père plus que je ne l'avais jusque-là pensé ; je commençais à m'inquiéter des aventures où maman pourrait m'entraîner. La nuit venait. J'avais le cœur effrayé de la métropole du Canada. Car c'est grand, Montréal, on ne peut pas dire le contraire !

Le docteur Nault habitait rue Rachel ; nous avons marché en ne côtoyant que des Juifs, et puis nous sommes entrées dans une pharmacie d'allure ancienne; les rayons étaient remplis de grands bocaux de verre pleins d'herbes séchées, de poudres, sur lesquels était écrit : arsenic, séné, belladone... J'étais en train de lire tous ces mots, quand j'ai entendu bouger derrière un haut comptoir. Là se tenait un petit homme en noir, avec une barbe noire, des yeux très noirs, la tête couverte d'une calotte. Maman lui ayant demandé : « Êtes-vous le docteur Nault ? » le bonhomme répondit :

— Lui-même. En personne.

— En ce cas, me reconnaissez-vous ? demanda maman qui se campa devant le bonhomme en portant la tête un peu de côté et levant haut ses beaux sourcils, comme elle faisait devant une glace ou pour paraître à son avantage.

Le bonhomme répondit sans hésiter :

— Pas du tout. Est-ce que je suis supposé vous connaître ?

À ce moment, une clochette tinta de l'autre côté d'une cloison, à peu de distance. Le docteur Nault enleva sa calotte. Il nous dit :

— Excusez-moi : une cliente en médecine...

Il ouvrit une petite porte dans le mur qui faisait communiquer la pharmacie avec ce qui nous parut être un cabinet de médecin. Nous aperçûmes une cliente qui entrait effectivement dans ce cabinet de consultation mais par une porte donnant sur la rue.

Dix minutes passèrent ; nous vîmes la cliente sortir comme elle était entrée et tenant à la main un bout de papier où elle devait chercher une adresse, car elle portait les yeux du papier au numéro de la maison. Arrivée à la porte voisine qui était celle de la pharmacie, elle entra. Au même moment le docteur Nault revenait par la petite porte que j'ai dite, dans le mur ; il remit sa calotte ; il était à son poste de pharmacien lorsque la cliente atteignit le comptoir, et il lui prit des mains le papier qu'il venait de lui donner dans le cabinet de consultation. Nous avons compris, maman et moi, que c'était sa propre ordonnance que le docteur Nault, redevenu pharmacien, allait exécuter. De fait, il s'appliqua à lire tout ce qui s'y trouvait écrit, ensuite à mêler ensemble et à broyer des pincées de poudre qu'il prit à gauche, à droite, par en haut, dans tous ses bocaux. Maman me faisait signe de ne pas rire. Quand sa cliente eut pris son petit paquet et qu'elle eut payé, le docteur Nault se tourna vers nous, tout intrigué.

— Samuel, dit alors maman, ne te rappelles-tu pas la douzaine d'œufs cassés ?

Le bonhomme sursauta et mit des lunettes pour mieux nous voir.

— Qui est-ce que t'es, toi ?...

— Eh oui, dit maman, qui l'aida beaucoup à ce qu'il me semble. Je suis ta cousine Éveline.

— Ah ! fit le bonhomme. Mais d'où est-ce que tu sors ?

— Du Manitoba, fit maman.

— Oui, dit le bonhomme, j'ai su que tu avais été t'exiler au Manitoba. Mais qu'est-ce que tu fais par ici ? Est-ce que tu ne t'es pas mariée ?

— Je suis mariée en effet, dit maman ; voici ma petite fille.

Le bonhomme m'accorda un rapide coup d'œil, et il recommença à poser des questions :

— Mais dans le monde qu'est-ce que vous faites toutes les deux par ici ? C'est pas à la porte... le Manitoba !

— C'est pas à la porte sûrement, dit maman, mais avec les moyens modernes de locomotion, je veux dire le train, on se transporte si vite de nos jours... Tu as eu des enfants, Samuel ?...

— Onze, dit-il... Mais dans le monde !...

— Je passais dans le quartier, dit maman ; je me suis rappelé le petit Samuel qui était si espiègle... joues-tu encore des tours, Samuel ?... Et j'ai eu l'idée de m'informer de tes affaires, de ta famille.

— Je pensais jamais te revoir, dit le vieux.

Et il eut un geste, un regard indécis vers le plafond.

— Tu ne vas pas partir sans monter, fit-il. Nous habitons en haut. Montons, dit-il sans beaucoup de chaleur en se grattant la tête sous sa calotte.

Dans l'escalier maman me chuchota de ne pas prendre un air si inquiet, que si les Nault ne nous invitaient pas, elle trouverait d'autres parents ; qu'elle avait d'autres cordes à son arc.

Nous fûmes assises sur des canapés durs autour de Mme Nault, laquelle avait ses filles à sa droite et à sa gauche ; toutes croisaient les mains de même façon sur leur jupe ; et toutes ces femmes étaient dans le plus grand noir. Maman par politesse s'informa si la famille était en deuil, et Mme Nault lui répondit sèchement que sa famille n'avait pour ainsi dire jamais quitté le deuil, du monde leur étant mort presque chaque année.

Maman prit un air peiné, et elle offrit des condoléances à Mme Nault qui les accepta d'un petit salut de tête.

À l'instant nous avons appris que Mme Nault était nièce et sœur d'archevêque, qu'elle était née Dalilah Forget, et que les jeunes filles de bonne famille ne trouvaient pas comme autrefois à se bien marier ; les partis avantageux se faisaient rares.

Maman aussi prit un air de grande dame ; elle dit que tout cela était vrai, que nous aimerions prolonger notre visite chez Mme Nault, mais que nous avions beaucoup de gens et de sites à visiter durant notre voyage à Montréal et qu'il était l'heure d'aller se retirer en notre hôtel. Puis maman ajouta comme incidemment que son mari occupait un poste au ministère de la Colonisation. Elle parla encore de choses et d'autres et trouva moyen de dire souvent quelque petite phrase comme : « mon mari, employé du gouvernement fédéral... mon mari, fonctionnaire de l'État... » et j'ai vu combien une femme qui se réclame d'un mari est mieux vue dans la société qu'une femme toute seule. Cela me parut injuste ; je n'avais jamais remarqué qu'un homme eût besoin de parler de sa femme pour avoir l'air important.

Chaque fois que maman disait « mon mari », Mme Nault se déraidissait un peu. Et elle finit par dire qu'il ne pourrait être question de laisser une visite du Manitoba aller coucher à l'hôtel. Dans les meilleurs, dit-elle, des femmes seules étaient dangereusement exposées, et il suffisait de peu, laissa-t-elle entendre, pour perdre à Montréal sa réputation.

Nous avons passé trois jours dans l'appartement en haut de la pharmacie. Ce n'est pas, je pense, que notre visite fît un si grand plaisir à Mme Nault, mais elle ne voulait quand même pas entendre parler de nous laisser partir. « Il ne sera pas dit, exprimait-elle, que je n'aurai pas reçu une cousine de l'Ouest... La parenté est la parenté ; il ne sera pas dit... » Et nous nous sentions sans plaisir, pour ainsi dire prisonnières, maman et moi, en haut de la pharmacie. Maman faisait contre mauvaise fortune bon cœur, et les Nault allèrent jusqu'à nous offrir une promenade à l'Oratoire Saint-Joseph. C'était surtout, je crois bien, pour voir le Frère André. Le pauvre thaumaturge était assis du matin au soir sur une chaise droite, la tête dans ses mains, à entendre les appels, les prières d'une grande foule qui défilait devant lui ; bien des personnes voulaient être guéries par lui ; d'autres voir seulement s'il avait l'air d'un saint ; et peut-être quelques-uns n'espéraient-ils qu'être compris de lui. Le Frère faisait pitié ; il gardait presque tout le temps son visage un peu caché ; on eût dit qu'il avait mal à la tête ou que lui-même se plaignait de n'être pas compris du tout. Il est certain qu'il avait peu de temps pour répondre à tout ce monde, car il en venait tous les jours, paraît-il, autant que ce jour-là. Maman eut son tour. Elle demanda au Frère André si c'était un grand péché pour une femme mariée de partir en voyage sans avoir obtenu l'autorisation de son mari. Le Frère André n'entendit peut-être pas bien. Il se dépêcha de répondre à maman : « Priez bien saint Joseph, ne buvez pas trop de café et ayez confiance ; ayez toujours confiance. »

Après, on s'est trouvé d'autres cousins à Montréal, et ce fut tant mieux : sans cela, Mme Nault ne nous aurait jamais rendu notre liberté, car « Il ne serait pas dit qu'elle aurait laissé des parents seuls et sans conseil dans une telle ville... »

La porte de la pharmacie fermée derrière nous, maman dit, je ne sais pourquoi : « Pauvre Samuel ! »

IV

Je ne me rappelle plus tout ce que nous avons encore fait à Montréal, mais ce fut très fatigant ; nous avons été voir une fontaine lumineuse à l'autre bout de la ville, puis un musée de cire ; mais le plus clair de notre temps se passa, il me semble, à parler des morts, de cousins inconnus et de troisième et quatrième générations.

Et puis, un soir, je me trouvai assise avec maman près d'un charretier dans une carriole, et nous allions lentement par un chemin bas et noir où seules les flaques d'eau mettaient un peu de clarté devant nous. Les roues en tournant nous envoyaient de gros paquets de boue au visage et sur nos redingotes. Nous sommes entrés dans un tout petit village — du moins, j'ai pensé que c'était un village : une poignée de lumières faibles a surgi des buissons. Mais un peu avant, cela me revient maintenant, le charretier avait chuchoté quelque chose à maman qui se poussa de mon côté en disant : « N'avez-vous pas honte ! Et devant un enfant encore ! Faites attention, monsieur ; j'ai des amis influents dans le pays, et je pourrais vous faire châtier, si je m'en donnais la peine. »

Après, quand nous nous sommes trouvées seules dans le village, maman m'a mise en garde contre les hommes. « Tu vois, dit maman, comme il faut avec eux garder sa distance... »

Dans ce village dont j'ai oublié le nom, il pleuvait, il faisait une nuit noire telle que je n'en ai pas vu souvent depuis lors. J'étais fatiguée à dormir debout. Je retrouve ensuite dans mon souvenir une petite pièce basse de plafond, très mal éclairée par une lampe à huile. Nous sommes, maman et moi, au milieu de vieilles filles à longues jupes qu'elles tirent à tout instant sur leurs chevilles, à bas noirs et à cols montants très serrés au cou. Maman a entrouvert la redingote de son beau costume, un peu fripée pourtant ; en dessous elle porte sa belle blouse de crêpe de Chine couleur coquille d'œuf. Et maman raconte :

— Votre cher frère Édouard m'envoie vous porter ses salutations et son meilleur souvenir...

— Est-ce qu'il n'est pas passé du côté du gouvernement ? demanda une des vieilles filles près du bahut. On a entendu dire qu'il s'était vendu au roi d'Angleterre...

— Mais, Ursule, nous sommes tous sujets du roi d'Angleterre, vous-même comme moi, comme tous dans ce pays ! Du reste, votre frère en établissant des colons dans l'Ouest et en travaillant à la grandeur du pays n'a nullement renié son passé de Canadien français...

— Il est parti à seize ans, se plaignit une autre des vieilles filles, et, depuis ce jour, nous n'avons jamais reçu qu'une carte de lui il y a bien longtemps. C'est donc qu'il a moins bien réussi que vous ne le dites. S'il avait si bien réussi, il nous l'aurait fait savoir...

— Il pensait peut-être que vous ne l'aimiez plus, dit maman. C'est un cœur sensible !... Il s'imaginait que vous n'aviez aucun regret de lui, mais je sais qu'il vous gardait de l'affection. Et la preuve, c'est que je vous connais depuis longtemps, vous, ma bonne Ursule, et vous Aglaé...

— Tant mieux si c'est comme vous dites, fit Aglaé qui paraissait moins rancunière.

Et elle questionna maman :

— Dans votre Manitoba, c'est pauvre, c'est dur, hein ? Vous avez là-bas de la grosse misère ?

— Épouvantable ! Les gens, par là, gèlent tout vifs, affirma Ursule.

Maman hésita un moment sur la manière de répondre. À plusieurs personnes déjà, elle avait dit que le Manitoba était le pays le plus fertile du monde. Mais ce soir-là, après avoir jeté un coup d'œil vers les trois petites vieilles immobiles dans l'ombre épaisse de leur logis, maman, à ma très grande surprise, donna raison à Ursule.

— Oui, ma bonne Ursule, il est vrai que là-bas le climat est dur, les vents acharnés contre nous.

Elle dit aussi combien la plaine était vaste, et la monotonie de l'Ouest et l'ennui dont nous étions atteints !

Je n'y comprenais rien : à Mme Nault, maman nous avait présentés plus fortunés que nous n'étions ; ici, elle fit tout le contraire, et cela parut faire un grand bien aux trois vieilles sœurs de papa, lesquelles, dans le moment, se découvraient riches, heureuses dans leur petite maison basse. L'une d'elles, je pense que ce fut Aglaé, dit alors :

— Ce que c'est que le lointain ! On s'imagine que c'est mieux que chez nous... et, quelquefois, c'est cent fois pire !...

Alors, elles se sont toutes mises à parler en bien de papa. Elles ont dit que, même tout jeune, il avait été d'une nature fière. Maman renchérit.

— Votre frère, dit-elle, se ferait couper vif plutôt que de majorer d'un cent son rapport de frais de voyage au gouvernement.

Ursule a protesté ; c'était fou, selon elle, de tant se gêner auprès d'un gouvernement d'Anglais. Elles parlèrent presque toutes ensemble, dès cet instant. Ursule toujours des Anglais, et Aglaé, de Placide : « Il faut qu'on aille voir Placide... » disait-elle.

Mais maman dit : « L'honnêteté est l'honnêteté, Ursule... » et l'idée la prit d'aller à Sainte-Anne-de-Beaupré prier pour elle-même et pour nous tous.

Quand nous fûmes sur les lieux, maman me fit écrire une carte à papa, me poussant à dire qu'enfin nous avions atteint le vrai but de notre voyage qui était d'implorer la bonne sainte Anne en faveur des colons de papa et aussi pour obtenir un soulagement à sa bronchite. Elle me conseilla d'ajouter quelque chose de moi-même, « du cœur », en me rappelant combien papa était un homme remarquable. Mais, depuis que nous étions en voyage et que maman découvrait tant de qualités à papa, il me semblait ne plus très bien le connaître, et j'étais gênée de lui écrire... presque autant qu'à un étranger...

V

Maman a été généreuse envers sainte Anne. Elle lui a acheté un des plus gros cierges. À genoux devant la statue, elle s'est entretenue longtemps avec sainte Anne. J'ai toujours pensé que maman lui avait alors demandé de la guérir à jamais du besoin de la liberté — sans trop se presser, peut-être, en lui accordant encore deux ou trois autres voyages...

Je croyais toutes nos visites finies et que nous allions rentrer chez nous droit du sanctuaire, mais non. Maman me dit :

— Il y a encore Odile Constant. Dieu que j'aimerais retrouver Odile Constant !

Je lui ai demandé qui pouvait bien être Odile Constant.

— Odile, a dit maman, était ma petite amie de cœur, quand j'avais un peu plus que ton âge.

— Mais où est-ce qu'on va la trouver, Odile ?

— Ça, dit maman, il est toujours possible, quand on y tient absolument, de trouver une ancienne amie, fût-elle au bout du monde.

C'est ainsi que nous sommes allées dans le village où étaient nées maman et Odile. D'abord nous avons été faire enquête au presbytère. Le curé avait entendu dire qu'Odile Constant était entrée en communauté, mais il ignorait dans laquelle. Alors nous avons voyagé jusque chez un parent d'Odile, qui demeurait encore plus loin, et celui-ci a pu nous dire dans quelle communauté était Odile, non pas dans quel village cependant ; depuis quinze ans il ne l'avait pas revue ; elle avait dû avoir des mutations par-ci, par-là. Mais sans doute vivait-elle encore.

J'étais contente de sentir que nous « brûlions ». Il en était temps. Nous n'avions presque plus d'argent pour continuer nos recherches ; et puis maman avait l'air de tenir à cette personne plus qu'à tous nos cousins mis ensemble.

Les mouettes de nouveau, comme nous traversions le fleuve, se sont trouvées sur notre passage, groupées dans des touffes de verdure sur l'eau. Le fleuve Saint-Laurent était très beau à cet endroit. Nous avons vu une grande île ; maman m'a dit que c'était Sainte-Hélène que Champlain avait donnée à sa femme, laquelle n'avait pas plus de douze ans quand il l'épousa ; et là, dans l'île, il la laissa vieillir un peu... Mais c'est quand même le nom d'Odile Constant qui pour moi reste lié à ce paysage.

Plus on la cherchait, et plus maman retrouvait de souvenirs sur cette petite fille d'autrefois, jusqu'à la couleur de ses yeux qui était noisette. En sorte que, même si on ne l'avait revue en chair et en os, on l'aurait tout de même retrouvée.

— Si Dieu me permet de revoir Odile, dit maman, je peux dire que j'aurai contenté tous mes désirs.

Je ne sais pas pourquoi, je m'imaginais encore que c'était une petite fille que partout nous cherchions.

Enfin, à la porte d'un couvent, maman a demandé :

— Pourriez-vous me laisser voir Odile, pardon, Sœur Étienne-du-Sauveur. C'est de la part d'une très ancienne amie d'enfance. Mais ne le lui dites pas, demanda maman à la sœur portière. J'aimerais tellement voir si Odile, pardon, si Sœur Étienne-du-Sauveur va me reconnaître.

La sœur portière a mis un doigt sur ses lèvres, elle a eu un joli sourire pour faire entendre que le secret serait bien observé, et sans bruit elle partit chercher Sœur Étienne-du-Sauveur.

Nous étions, maman et moi, assises sur des chaises qui, à chacun de nos mouvements, glissaient un peu sur le parquet brillant. Il me semble que nous évitions de nous regarder ; et si, parfois, nous ne pouvions faire autrement, alors, vite nous jetions le regard ailleurs, comme si nous ne nous connaissions plus très bien. Ce doit être ainsi quand on est deux à attendre la même bonne chose ; peut-être que chacun a peur en montrant trop d'espoir à l'autre d'ajouter à sa déception si elle se produisait ; ou bien, peut-être est-on gêné d'attendre ensemble du bonheur... je ne sais trop. Et nous étions ainsi — une espèce de peur nous serrait la gorge — lorsque nous avons entendu un pas léger qui s'approchait. Puis, dans l'embrasure de la porte, une religieuse au visage pâle, aux yeux faibles — mais ils étaient gris et non pas noisette — nous regardait. Maman m'avait recommandé :

— Ne dis rien, toi. Ne gâte rien. Laisse-moi m'avancer seule vers Odile.

La religieuse m'effleura d'un bon regard doux, elle me sourit en passant, puis elle regarda maman.

— Odile ! a appelé maman, comme pour éveiller quelqu'un qui dort.

La religieuse frémit à ce nom. Ses deux mains se portèrent vers le crucifix pendu à son cou ; elle serra la croix à deux mains. Puis elle s'avança vers maman ; elle la prit par les deux bras, la conduisit près d'une haute fenêtre dans le fond du parloir. Elle écarta les rideaux pour qu'il fît un meilleur jour dans la pièce, et elle se mit à scruter le visage de maman avec une sorte de disposition à la reconnaître qui était déjà très gracieuse. Ils disent que les religieuses renoncent aux affections de ce monde ; depuis que j'ai vu le visage de Sœur Étienne-du-Sauveur, je crois qu'elles n'arrivent pas toujours à tant de triste perfection.

— Me reconnais-tu, Odile ? dit maman, d'une petite voix mince qui tremblait de crainte joyeuse.

Alors le regard de la vieille religieuse m'a fait mal, tant il se mit à chercher loin dans le visage de maman. Ce devait être difficile, dans un vieux visage ridé comme celui de maman, de retrouver une petite fille à longues nattes et à joues pleines. La vieille Sœur peinait tellement que son menton, ses lèvres, ses mains en étaient agités.

Elle finit par regarder surtout les sourcils très arqués de maman, et on aurait dit qu'ils lui disaient quelque chose ; petit à petit venait dans ses yeux une lueur d'abord incrédule ; puis Sœur Étienne a jeté comme une plainte :

— Mon Dieu !... Mon Dieu !... serais-tu ma petite Éveline ?

— Oui, c'est moi ! c'est Éveline ! a dit maman qui se jeta dans les bras de la religieuse.

Alors elles se mirent à pleurer toutes les deux ; elles s'embrassaient, s'arrachaient l'une à l'autre pour se dévisager encore. Elles se disaient, toujours pleurant : « Aux yeux, je t'ai reconnue... » — « Moi, c'est à l'arc parfait de tes sourcils... Il n'y a que toi à avoir des sourcils si bien dessinés... »

Quand elles eurent bien pleuré, elles s'assirent l'une en face de l'autre, et Sœur Étienne arrangea un peu sa cornette que maman avait froissée dans les embrassades. Elle dit, tout impatiente, comme essoufflée :

— Et maintenant, raconte, Éveline, ma petite Line, raconte-moi ta vie. Il a dû t'en arriver des choses. Tu t'es mariée ! Es-tu heureuse ? Raconte-moi tout ça.

— Oui, dit maman, je me suis mariée jeune. Tu comprends, Odile, ce n'était pas l'amour-passion, l'amour fou ; j'épousais un homme beaucoup plus âgé que moi, sérieux ; mais, une à une, j'ai découvert ses belles qualités.

— Si ton mari t'a permis ce beau voyage, c'est un homme généreux, trancha Sœur Étienne.

— Oui, très généreux, dit maman.

— Que je suis contente ! Je suis certaine que ton mari est un homme très bon ; il ne pourrait pas être autrement... Tu as eu des enfants ?

— J'en ai eu neuf, dit maman... J'ai une fille déjà mariée... une autre religieuse... et j'en ai perdu une, Odile... une belle petite fille. Elle est morte si rapidement...

Et elles se mirent à pleurer ensemble ma petite sœur morte à quatre ans de méningite.

— Mais toi, dit maman, en essuyant ses yeux, raconte aussi...

— Moi, dit Sœur Étienne, je n'ai pas d'histoire... Mais parle encore de toi...

— Eh bien, mon mari travaille au ministère de la Colonisation. Il s'occupe d'établir des immigrants d'Europe sur nos terres de l'Ouest. On appelle ça des *homesteads.*

— Quel beau métier ! fit Sœur Étienne. Tellement plus noble que le commerce ! Je vais demander à Dieu de bénir les entreprises de ton mari et aussi les efforts de ses colons... Est-ce que tu ne pourrais pas rester un jour ou deux avec moi ? Notre Mère Provinciale se trouve justement au couvent ; je lui demanderais l'autorisation...

— J'aimerais bien ça, dit maman, mais je dois prendre le Transcontinental demain pour Winnipeg.

— Le Transcontinental ! Pour Winnipeg ! dit la religieuse en s'emparant de sa petite croix. Et tu dis ça comme je dirais moi-même : je vais prendre le tramway... Chère, chère Line, va ! Ce n'est pas l'aventure qui te fera jamais peur... Te rappelles-tu ce que je te disais déjà, il y a trente-huit ans : toi, ma petite Line, tu es née pour connaître de grandes émotions...

Alors maman parut contrainte et mal à l'aise.

— Je me demande, dit-elle, si je ne vais pas trop loin...

— Non, la rassura Sœur Étienne. Quand Dieu nous donne un cœur aventureux, c'est pour que l'on connaisse mieux que d'autres tous ces beaux pays qu'il a faits. Il y a bien des façons d'obéir à Dieu, Éveline... et la liberté est un des chemins pour aller vers lui...

Et elle nous a fait du pouce une petite croix sur le front. Après quoi, elle nous donna des médailles, des scapulaires et à chacune une image de son saint patron.

Dans le portique du couvent, elles recommencèrent à s'embrasser.

— Dire que tu seras apparue et disparue comme une comète ! se plaignit Sœur Étienne.

Maman l'implora :

— Prie pour moi, Odile. Quelquefois, je mets la Providence à dure épreuve.

— Ne dis pas cela, fit la religieuse qui scrutait maman de ses bons yeux fatigués. Je reconnais quand je les vois les êtres que la Providence met à part... pour les favoriser... et tu en es... tu en es, ma petite Line. Chère, confie-toi toujours à la Providence...

Et elle ajouta :

— Éveline, j'ai perdu tous les miens il y a longtemps. Lorsqu'on m'a annoncé votre visite, il y avait quatre ans que je n'avais pas été demandée au parloir. Quatre ans, Line, sans être jamais demandée au parloir !...

Longtemps, debout dans l'entrée du couvent, comme une petite fille elle agita la main vers nous.

VI

Maman a vieilli en revenant vers Winnipeg. Elle a pensé à la sœur Supérieure du couvent de Sainte-Anne-des-Chênes et m'a dit :

— Cette sœur-là avait l'air sévère, peu aimable. S'il faut qu'elle ait parlé dur à Alicia, jamais cette enfant ne s'en remettra, timide comme elle est !

Ensuite maman s'est inquiétée de la nourriture au couvent.

— Au prix que je paie, ça ne peut pas être bien bon... Agnès est déjà sans appétit. Peut-être qu'elle n'a rien mangé depuis un mois...

Maman n'arrêta pour ainsi dire pas de se faire des scrupules. Ce n'était pas la peine de voyager, ai-je pensé, s'il fallait, en route, être suivi de tant de tracas.

— Ton père ! disait maman. Ton pauvre père ! Le vois-tu à fricoter lui-même ses repas ! Il a dû en profiter pour manger des choses indigestes ; il fait toujours à sa guise quand je ne suis pas là pour intervenir... Et que ce train est lent ! On dirait qu'on n'avance pas...

Nous avons retraversé le pays sans plus rien voir que des bois brûlés, des abattis.

— Ce Nord de l'Ontario, c'est bien ce qu'il doit y avoir de plus désertique au monde, se plaignit maman.

Elle fit un peu de conversation avec une dame qui se rendait jusqu'au lac des Esclaves, en Alberta. « Édouard, mon mari, souffre de l'estomac, disait maman. Il mène une vie épuisante... un homme excessivement probe ; j'ai peur, fit-elle, qu'en mon absence il ait encore plus abîmé sa santé à veiller trop tard, à manger n'importe quoi. »

Cette dame répondit sévèrement :

— Si vous aviez peur de ça, c'était de ne pas laisser votre mari... Pourquoi l'avez-vous laissé ?

Maman regardait la pluie courir sur la vitre.

— Peut-être pour devenir meilleure, a-t-elle répondu.

Moi, j'ai tout de suite compris ce qu'elle voulait dire : quand on quitte les siens, c'est alors qu'on les trouve pour vrai, et on en est tout content, on leur veut du bien ; on veut aussi s'améliorer soi-même. Mais la dame qui allait en Alberta n'a pas vu du tout ce que maman voulait dire. Elle, c'était bien autre chose qui la menait en voyage. Elle n'allait dans l'Ouest que pour régler une affaire de succession. Son vieux mari tout à fait impotent ne pouvait bouger de chez lui. Elle expliqua sèchement qu'elle le soignait le jour et la nuit et jamais ne s'absentait du « foyer conjugal ».

Maman finit par s'endormir, les mains sur sa jupe qui avait un vilain pli. Sa bouche s'entrouvrit comme elle dormait. Elle s'est mise à siffler un petit peu dans son sommeil. Maman demandait toujours qu'on l'éveillât quand elle sifflait... mais elle ne sifflait pas fort... et je l'ai laissée se reposer encore quelques minutes. Quelques rides ont commencé à sortir de son visage. Sa tête a roulé un peu vers sa poitrine ; j'ai vu que maman avait un deuxième petit menton ; d'autres rides se firent aux coins de sa bouche. J'ai vu que maman était vieille. J'ai eu peur. Je l'ai réveillée. Je l'ai appelée : Maman ! Maman ! comme si elle était loin, très loin. Et, en sursautant, sans pour ainsi dire me reconnaître, maman a demandé :

— Qu'est-ce que c'est ? Qu'est-ce qu'il y a ?

Puis elle m'a reconnue. Elle m'a dit :

— Ah ! c'est toi ! Je rêvais... Tu as bien fait de m'éveiller... Je rêvais que j'étais devenue toute seule au monde... que je devais parcourir le pays pour retrouver mes enfants éparpillés dans toutes les provinces...

De la gare, nous avons pris le tram. Nous avons dû passer sur le pont Provencher, mais les vitres étaient embuées, et d'ailleurs nous ne pensions ni l'une ni l'autre à chercher la rivière Rouge.

Il faisait un petit vent froid. Nous grelottions un peu, et maman a dit que le printemps était tout de même moins précoce au Manitoba que dans l'Est, qu'Ursule serait sans doute contente de cela... Montréal devint aussi lointain que si nous ne l'avions jamais vu... De tout notre voyage, il me sembla que ne restait de visible que le gros cierge devant sainte Anne. De loin, en descendant au coin de la rue Desmeurons et de la rue Deschambault, nous avons vu que toutes nos fenêtres étaient éclairées.

— Mon Dieu, a dit maman, y aurait-il quelqu'un de malade !

Elle hâta le pas, m'entraînant si vite que je trébuchais.

Nous avons appris plus tard que papa était rentré à la maison quinze jours après notre départ, déjouant les plans de maman qui, dans le fond, avait peut-être espéré faire tout ce long voyage et revenir prendre sa place avant que papa ait appris notre absence.

Il n'avait pas aperçu en rentrant la lettre laissée par maman ; il avait couru chez les voisins, inquiet et tremblant, pensant que nous pouvions tous être malades à l'hôpital. Mme Guilbert ne s'était pas gênée pour lui apprendre la nouvelle : « Mais comment ! Éveline ne vous a pas averti qu'elle partait avec la petite dans le Bas-Canada ?... Je vous croyais au courant... d'autant plus qu'elle m'a dit avoir son billet gratuit... Est-ce assez étonnant, pareille façon d'agir ! » Mais papa ne fit point chez Mme Guilbert la colère qu'elle escomptait peut-être. Il alla aux quatre coins de la province rapatrier ses enfants. Quand il les eut autour de lui, papa ne dit pas un mot. Il marchait. Depuis dix jours, il marchait dans la maison, dans le couloir en bas, tout au long du couloir en haut. Les enfants n'osaient pas lui adresser la parole. Il paraît qu'alors tout se faisait chez nous dans le plus grand silence : les repas, la vaisselle, les reproches et tout.

Ils étaient tous assis ensemble dans ce silence terrible lorsque maman a ouvert la porte bien doucement. Papa leva les yeux. Il nous aperçut. Il devint tout pâle, se dressa sur sa chaise. Il dit :

— Ah ! enfin, mes déserteuses !

J'ai eu peur d'être chassée.

Mais alors maman s'avança au-devant de mon père ; elle portait son petit chapeau de paille bleue garni d'une grappe de raisin rouge vif.

— Édouard, dit maman, avant de passer aux reproches mérités, laisse-moi t'exprimer, au nom de tes sœurs, de ton frère Placide, les souhaits de leur cœur, toutes les bonnes amitiés dont je suis chargée pour toi...

— Comment ! Tu as été courir jusque...

— Oui, Édouard, jusqu'à ton passé, jusqu'à ton enfance... Sans le passé, que sommes-nous, Édouard ? demanda-t-elle... Des plantes coupées, moitié vivantes !... Voilà ce que j'ai compris !...

Mon père reculait, cherchait à tâtons le bord de sa chaise. Et maman continua :

— Ursule a un peu sur le cœur que tu n'aies pas donné de nouvelles depuis si longtemps... mais, par ma visite, je pense avoir réparé l'oubli des années... Du reste, elle est toute retournée maintenant qu'elle connaît l'importance de ton travail... Je l'ai entendue en parler dans le village... Aglaé est une nature sensible... Ton frère Placide, je l'ai aimé tout de suite... Son nom lui convient...

Je regardais maman. Ses yeux brillaient de sincérité, et était-ce Dieu possible ! elle avait encore rajeuni. Avant même d'enlever sa redingote qu'elle entrouvrit simplement, déjà elle racontait :

— ... là-bas, dans ce qu'ils appellent des rangs, les maisons ne sont pas éloignées les unes des autres comme dans nos plaines, mais, alignées, elles forment un interminable village ; de beaux arbres, bien plus grands, bien plus forts que les nôtres, accompagnent les routes ; l'ombre et le soleil jouent sur les façades blanches. Ces maisons du Québec, basses, avec d'étroites fenêtres près du sol, de grands toits pointus, n'admettent peut-être pas la lumière du jour autant que nos maisons du Manitoba, mais elles conservent mieux la chaleur des souvenirs. Comme on y est bien quand, les lampes allumées, les visages prennent une expression d'amitié, et le bois même, une teinte d'accueil ! Alors, dans le silence, on l'entend presque se souvenir... Peut-être, fit maman, les générations mortes respirent-elles encore autour des vivants, en ce vieux pays du Québec !...

Peu à peu nous nous approchions tous de maman pour mieux voir ses yeux qui, avant que ses lèvres les disent, annonçaient les paysages. Car avant de les tirer de son souvenir, son regard les caressait, elle leur souriait, tout en jouant un peu avec le petit collier de perles fausses à son cou.

Papa eut une larme à l'œil, qu'il oublia d'essuyer. Timidement, il demanda d'autres détails : le vieux pommier contre la grange existait-il toujours ? Restait-il quelque chose du verger ? Et maman les lui donna vrais et touchants. Sur son visage, les souvenirs étaient comme des oiseaux en plein vol.

LE PUITS DE DUNREA

I

Son étrange vie, belle à certaines heures mais si pénible, mon père la gardait fermée à notre curiosité. Il n'en parla jamais beaucoup à maman, ni à moi, encore moins aux voisins. Mais il en parla à Agnès qu'il appelait si doucement : Agnèze. Pourquoi et quand livra-t-il donc tant de son cœur à sa jeune fille déjà trop sensible ? Elle garda longtemps secret ce que mon père ne s'était pas laissé aller à lui confier sans réticence. Un soir, elle en commença le récit... C'est peut-être que nous venions de nous plaindre que papa n'était guère liant. « Il l'était... il l'était... Oh ! si vous saviez ! » dit Agnès. Car c'était encore une chose singulière que, du vivant de mon père, nous disions de lui : « Il était... » en pensant sans doute à un autre lui-même disparu depuis des années.

En ce temps-là, papa était surtout satisfait de la colonie des Blancs-Russiens ou Ruthènes établis à Dunrea. Pour une raison que nous avons ignorée, il les appelait ses « Petits-Ruthènes ». De toutes les colonies qu'il avait fondées, celle-ci prospérait le mieux. Elle n'avait encore que dix ans d'existence ; c'est peu de temps pour faire d'un petit groupe d'immigrants illettrés et méfiants une colonie heureuse ; et, de plus, pour essoucher, bâtir des maisons, et aussi installer Dieu avec des icônes, des cierges ; tout cela et bien plus encore, les Petits-Ruthènes l'avaient accompli. Ce n'étaient pas des gens perdus d'ennui comme les Doukhobors — Agnès croyait se souvenir qu'ils étaient aussi des Slaves, sans doute de la Bukovine.

125

Sûrement le passé comptait dans leur vie, un passé de profonde misère, mais l'avenir, un merveilleux et solide avenir, voilà surtout à quoi crurent les Petits-Ruthènes en arrivant au Canada. Et c'est ainsi que papa aimait les colons : tournés vers l'avant et non pas geignant tout le temps sur ce qu'ils avaient dû abandonner.

Agnès nous raconta que papa avait dit de sa colonie de Dunrea qu'elle était comme une espèce de paradis ; c'était le mot exact qu'il avait employé : un paradis.

Il devait parcourir dix milles de brousse, de savanes, de terres mauvaises toujours hantées par le vent, pour atteindre Dunrea. Et, tout à coup, surgissaient des arbres de belle venue, des peupliers, des trembles et des saules, ainsi groupés qu'ils avaient l'air de former une oasis dans la nudité de la plaine. Un peu avant d'arriver à ce bouquet de verdure, déjà, disait mon père, on entendait l'eau courir et bondir. Car entre ces arbres si verts et si bien portants circulait, presque cachée sous leurs pieds, une mince petite rivière qui s'appelait *The Lost River*. Est-ce bien papa, si sévère, si triste, qui a donné tous ces jolis détails à Agnès ? Et pourquoi à elle, rien qu'à elle ? « Cette Lost River, est-ce étonnant que papa l'aimât tellement ! dit Agnès. Pensez : c'est lui qui l'avait faite, pour ainsi dire. »

Un jour, au hasard d'une randonnée où il s'était égaré, papa était arrivé au lit desséché de cette rivière ; des cailloux polis dans le fond, la disposition de quelques arbres marquaient qu'ici il y avait eu de l'eau. Et papa s'éprit de ce petit coin jadis herbeux, séduisant sans doute, et qui avec un peu de soin reviendrait à sa beauté ancienne. Il se promit d'y installer des colons travailleurs, de bons colons assez intelligents pour entrevoir ce qu'ils en pourraient faire avec de la patience et un peu d'imagination. Or les Petits-Ruthènes, le jour où il les amena voir le lit de la Lost River, comprirent tout de suite ce que papa aimait, ce qu'il voyait si clairement ; ils décidèrent d'y rester. Et papa leur ayant recommandé de planter beaucoup d'arbres auprès de la rivière Perdue, afin de retenir l'humidité du sol, ses Petits-Ruthènes firent comme il avait dit. Ainsi, d'année en année, la rivière donna plus d'eau, et elle eut à certains endroits jusqu'à six pieds de profondeur. Alors, d'eux-mêmes, toutes sortes d'autres petits arbres se mirent à pousser le long des berges et nouèrent leurs branches et firent comme un tunnel de verdure dans lequel coulait en chantant la rivière Perdue. Car, même retrouvée, on continua à l'appeler la rivière Perdue.

Et papa aurait dit à Agnès qu'il n'aimait rien tant que l'eau dans ses colonies. Dans cette Saskatchewan si pauvre en humidité, la résurrection d'une rivière était chose capitale. « Le feu, avait-il dit, la sécheresse sont les pires ennemis de mes colons ; l'eau vive, leur plus grande amie. »

Les Petits-Ruthènes, ayant eu confiance en la prédiction faite par papa que l'eau reviendrait ici, avaient bâti leurs maisons autour du lit desséché, si bien que, dix ans plus tard, toutes ces maisons se trouvèrent dans l'ombre douce et murmurante des arbres et de l'eau.

Papa, lorsqu'il descendait de son break et attachait sa jument, Dolly, au bord du puits de Dunrea, apercevait un ravissant paysage : éparses dans la verdure étaient à demi cachées une vingtaine de maisonnettes blanches au toit de chaume ; autant de petites dépendances également propres, chaulées tous les printemps ; puis des ruches, des pigeonniers, de légers abris de branches et de feuilles où en plein jour les vaches venaient s'abriter de la chaleur ; et, à travers le village, se promenaient en liberté des bandes d'oies blanches qui l'emplissaient de leur bavardage amusant. Cependant, disait papa, les maisons n'étaient pas vraiment blanches ; on s'apercevait que leur éclat était atténué par une couleur extrêmement fondue, presque insaisissable, et cela parce que les femmes ruthènes couvraient leurs murs d'un lait de chaux teinté de bleu de linge. Aux fenêtres, qui étaient petites et basses, elles avaient des géraniums rouges en pots. Et papa dit qu'après avoir galopé longtemps à travers un morne pays d'herbe épineuse, de sauvage végétation, rien ne paraissait plus avenant mais aussi plus inattendu que Dunrea. Et chaque fois il devait se frotter les yeux avant de croire et de remercier Dieu.

Peut-être aussi, papa, en mettant le pied à Dunrea, éprouvait-il la grande joie d'avoir eu raison le jour où s'était révélé à lui l'avenir de ce petit coin de pays ; et peut-être sa joie venait-elle encore plus de ce que ses Petits-Ruthènes l'eussent si bien suivi dans son rêve.

Aussitôt descendu de son break, papa se voyait entouré d'enfants ; il leur tapotait la joue, leur tirait un peu l'oreille... chose assez curieuse, car avec ses enfants papa n'agissait jamais de la sorte... Mais peut-être ces enfants-là avaient-ils plus que nous confiance en papa ; nous, nous voyions assez souvent le visage fatigué, déçu de papa ; nous savions qu'il ne réussissait pas toujours ; tandis que ces gens le croyaient doué d'un pouvoir presque surnaturel. Qui saura jamais ce que, parmi ses Petits-Ruthènes, papa ressentait d'aise, de certitude ! Isolés, loin de tout autre village, ne parlant pas encore la langue de leurs voisins, ils devaient s'en remettre à papa totalement, et la confiance était entière.

Les oies, les poules, les dindons voletaient devant papa ; et il marchait parmi toutes sortes de fleurs. Il disait que les fleurs chez les colons étaient le signe certain de la réussite, du bonheur. Or, chez ses Petits-Ruthènes, les pois de senteur grimpaient aux clôtures ; de hauts tournesols viraient en rangs au soleil ; des pavots clairs répandaient leurs pétales lisses que le vent éparpillait ; les femmes mettaient des fleurs jusque sur les côtés du sentier qui, de la maison, aboutissait au petit cabinet d'aisance ; et il paraît que papa avait ri de cet excès d'embellissement.

Mais papa était un homme sérieux, et tout d'abord il allait examiner les récoltes. Or, à des milles autour du village, c'était toujours aussi beau : les terres des Petits-Ruthènes étaient sans mauvaises herbes, bien travaillées ; le blé, toutes les céréales, l'alfalfa, la luzerne, le trèfle, tout y venait admirablement. Dans la culture aussi, les Petits-Ruthènes avaient suivi l'idée de papa ; leur ayant conseillé de ne pas trop forcer la terre pour en obtenir tout de suite de grosses récoltes, mais de pratiquer l'assolement, d'être patients, il avait été écouté. Et peut-être était-ce pourquoi il appelait sa colonie de Dunrea le paradis. N'y était-il pas obéi comme Dieu autrefois dans son paradis terrestre ? Il avait confiance et jamais encore ne s'était trompé dans tout ce qu'il commandait à ses Petits-Ruthènes. Or ces Petits-Ruthènes, précisait Agnès, n'étaient pas du tout petits ; au contraire, presque tous étaient de grandeur moyenne, les uns même fort grands et vigoureux. Papa les appelait les Petits-Ruthènes pour une autre raison que celle de leur taille, mais dont Agnès ne se souvenait plus au juste. Toutefois, disait-elle, il paraît que dans leur regard très bleu il y avait encore comme une enfance.

Papa faisait le tour des potagers, il s'intéressait aux légumes rares qu'y faisaient pousser les femmes ; il y avait de l'ail, du chou, des raves comme dans tous les potagers, mais aussi de l'aneth, de très grosses fèves noires succulentes, des concombres, disait papa, doux comme l'amande ; et tant d'autres choses encore, des melons par exemple ; les Petits-Ruthènes étaient très friands de melons. Papa allait et venait, entouré d'une activité qui bourdonnait de tous les coins et cependant restait invisible. Il entrait dans l'une ou l'autre maison. Sur le seuil, les femmes venaient lui baiser la main, mais papa vite la retirait ; il était gêné par ce geste de soumission. Suivi de son interprète, il était donc chez ses gens. « Car, j'ai oublié de vous le dire, ajoutait Agnès, papa n'avait eu le temps d'apprendre qu'une vingtaine de mots peut-être de leur dialecte ; eux n'en connaissaient pas beaucoup plus de l'anglais. Malgré cela, comme ils se sont compris ! Comme ils se fiaient à l'interprète qui disait : " Monsieur l'Envoyé du Gouvernement vous fait savoir que telles ou telles mesures doivent être prises... " Ou encore : " Boris Masaliuk demande respectueusement si... " »

Ensuite, le repas était prêt. Alors que les hommes parlaient d'affaires, les femmes avaient préparé les mets en un si grand silence que, chaque fois, papa était tout étonné de s'entendre dire doucement à l'oreille :

— S'il vous plaît, Monsieur du Gouvernement, faites-nous le grand honneur de venir à notre table...

Les hommes s'attablaient ; non les femmes dont le rôle à présent était de se tenir debout derrière les convives, attentives à leur présenter les plats. Papa les plaignait-il, les aimait-il, ces femmes silencieuses, timides, qui cachaient leurs beaux cheveux sous des fichus et murmuraient en servant les hommes : « S'il vous plaît ?... »

Il avait dit à Agnès que la voix des femmes ruthènes était égale à un murmure d'eau et de silence. Mais il est sûr qu'il aurait préféré les voir assises en même temps que les hommes à leur propre table.

C'était le seul tort qu'il trouvait à ses Petits-Ruthènes : d'être absolument les maîtres chez eux. Il avait eu plusieurs fois la tentation de leur en parler, d'inviter les femmes à s'asseoir aussi à table... mais il n'était pas tout à fait chez lui...

Papa souvent passait une nuit à Dunrea. Il y dormait comme un enfant. La voix des femmes n'était jamais haute ni écorchante. Elles avaient l'air heureuses. « Mais qu'est-ce que cela démontre ? se demandait papa ; les esclaves d'autrefois étaient sans doute plus heureux que leurs maîtres. Le bonheur ne sert pas nécessairement la justice. » Le sort des femmes à Dunrea était donc la seule chose qui le chagrinât. Il les entendait chantonner pour endormir leur bébé... et lui-même, bientôt, glissait dans le sommeil comme dans une entière et profonde soumission. Quand il s'éveillait, c'était à la bonne odeur du café fort qu'en bas les femmes lui préparaient.

Tout cela était trop beau pour durer, aurait dit mon père.

Comment se faisait-il qu'ici seulement régnât la paix, l'abondance ? Partout ailleurs, ses colons rencontraient des travers. Ainsi chez ses Doukhobors ! Là, la malice du diable prenait les enseignements mêmes du Christ pour mieux semer la confusion. En effet, à vouloir faire toujours comme le Christ aurait fait à notre époque, à percer le sens de sa conduite, de ses paraboles, les Doukhobors commettaient bêtise sur bêtise. Ne s'étaient-ils pas décidés, à la veille de l'hiver, à mettre leurs troupeaux en liberté, parce que, disaient-ils : « Est-ce que notre Dieu n'a pas créé toute créature libre, les bêtes aussi bien que les hommes ? »

Mais comment savoir ce que Dieu a voulu que l'on fasse de tant de petites vies confiées à notre garde ? Papa sentait, et il avait dit à ses Doukhobors, qu'il ne fallait pas trop se creuser la tête à ce sujet, que l'important était de ne maltraiter aucun animal. Cependant, les Doukhobors restaient torturés par l'idée qu'ils ne devaient enfreindre aucune intention de Dieu... et ils mirent leurs troupeaux en liberté : c'est-à-dire qu'ils durent les chasser des étables, des abris.

Les pauvres animaux, déçus, inquiets, voulaient rentrer dans leur captivité. Mais on les en empêcha. La neige vint ; les animaux ne trouvèrent rien à manger ; presque tous périrent ; au printemps, quelques-uns seulement, et ce n'étaient plus que des squelettes affreux, revinrent vers les hommes. Et chez les Doukhobors, les jeunes enfants, faute de lait, souffrirent de maintes maladies. Chez les Mennonites, c'était folie d'un autre genre. Il y eut bien des malheurs en Saskatchewan en ce temps-là... et presque toujours par excès de bonne volonté, par souci de comprendre Dieu parfaitement.

Et pourquoi Dunrea seul était-il épargné ? Les hommes y étaient sages, c'est vrai ; ils croyaient en Dieu. Peut-être même croyaient-ils que Dieu les aimait mieux qu'il n'aimait les Doukhobors et les Mennonites : à part cette idée, ils paraissaient être dans la sagesse.

Et papa lui-même commença de se demander pourquoi Dieu paraissait aimer les Petits-Ruthènes mieux que d'autres. Il se gardait de confondre leurs esprits simples et naïfs ; il n'éprouvait pas trop leur bonne volonté... Et, dès lors, papa sentit quelque inquiétude. Il s'accusa d'avoir sans doute eu trop d'orgueil de Dunrea.

Lorsque des personnages influents du gouvernement, des chefs du bureau de Colonisation demandaient à visiter des colonies, papa toujours les emmenait à Dunrea. Et Dunrea aida sa carrière, lui valut de la considération... Les compagnies de chemins de fer dépêchèrent des photographes prendre des vues de la rivière Perdue ; et le *Canadian Pacific Railway* tira un grand nombre de photographies de Dunrea pour les envoyer un peu partout dans le monde, en Pologne, en Roumanie, tenter des immigrants. Car le C.P.R. faisait beaucoup d'argent à transporter des immigrants. Mon père rencontra un jour un pauvre Tchèque qui lui confia être venu au Canada rien que pour avoir vu une affiche bien tentante : une rivière, des blés dorés, des maisons comme « chez nous pourtant »... Et maintenant ce Tchèque travaillait dans une mine.

Quand Agnès nous a dit cela, nous avons compris pourquoi papa haïssait tant le mensonge et même le mensonge par omission ; pourquoi il souffrait tant de ce que maman enjolivait les faits ; mais ceci, c'est une autre histoire... À Dunrea, malgré les craintes de papa, le blé continuait à pousser, le beau bétail à se multiplier. Et puisqu'ils prospéraient, les Petits-Ruthènes se croyaient de mieux en mieux aimés de Dieu. Ils lui rendaient grâce pour les pluies à la bonne époque, le soleil en temps voulu. Ils ne s'attendaient pas à ce que, sur eux, la douce main de Dieu se fît jamais pesante.

II

Frêle et douce, comment Agnès avait-elle pu garder si longtemps pour elle seule la vision qu'elle évoqua enfin ! En ce temps-là, lui avait raconté papa, le feu de Prairies couvait toujours quelque part en Saskatchewan. Cette province si dépourvue d'eau de pluie, si venteuse, était vraiment la terre du feu. Tant elle était sèche, le soleil tout seul, jouant sur des pailles ou sur un tesson de bouteille, pouvait mettre la prairie en flammes ! Et si un courant d'air un peu vif s'élevait alors, aussitôt le feu partait à courir comme le vent lui-même. Et le vent en cette partie du monde était déjà un fou furieux qui couchait les moissons par terre, déracinait les arbres et parfois arrachait leur toit aux bâtiments. Tout démoniaque qu'il fût, il laissait tout de même l'herbe rase au sol, quelque chose de vivant. Mais, derrière le feu, il ne restait jamais que des carcasses de petits daims, de lièvres poursuivis par les flammes, rejoints par elles et qui mouraient parfois en pleine course... et longtemps ces carcasses empuantissaient l'air, car là où le feu avait passé, même les oiseaux de proie se gardaient de venir manger les yeux des bêtes mortes. Ce spectacle était assez fréquent en bien des régions de la Saskatchewan, et le cœur avait peine à supporter une ruine si complète.

Les Petits-Ruthènes avaient toujours fait grande attention au feu ; si, de temps en temps, ils devaient brûler des souches ou de mauvaises herbes, ils attendaient une journée bien calme ; et, le feu

133

ayant accompli son ouvrage, ils l'éteignaient en dispersant les braises, puis en jetant dessus de la terre fraîche. Du reste, dans leur oasis toujours humide, au murmure de la rivière Perdue, comment auraient-ils pu vraiment craindre le feu ?

Or cet été-là fut sec et brûlant. Même dans la rivière Perdue l'eau baissa de plusieurs pieds. Et un feu s'alluma, par la seule faute du soleil probablement, à vingt milles au nord de Dunrea. Le vent le poussa d'abord dans une autre direction. Mon père campait dix-huit milles plus loin, dans un territoire qu'il parcourait avec des arpenteurs. Dans la nuit il s'éveilla. Le vent avait changé. Il était plus violent et chargé d'une âcre fumée qui faisait mal aux yeux et à la gorge. Peu après arriva un messager à cheval. Il dit que le feu avançait vers Dunrea. Mon père sauta dans son break ; il négligea de suivre le chemin assez plein de détours en cette partie du pays ; autant qu'il le pouvait, il coupa court à travers les ronces, les petits marais asséchés ; Dolly lui obéissait bien, quoiqu'elle fût blessée par la pointe aiguë des buissons. Derrière lui, comme il traversait ces savanes lugubres, mon père voyait le feu le suivre de loin et il en entendait le grondement. Il pria pour la rivière Perdue. Il espérait une autre saute du vent, qui porterait le feu ailleurs, n'importe où, sauf sur Dunrea. Ce genre de prière, convint-il, n'était peut-être pas une bonne prière. Pourquoi, en effet, prier pour ses Ruthènes plutôt que pour les pauvres fermes isolées sur la route de la rivière Perdue ? Le malheur qui frappe ceux qu'on aime est-il plus grand, se demandait mon père, que celui qui frappe des inconnus ?

Arrivant à Dunrea, il commanda aux hommes de prendre leurs chevaux, leurs charrues et de se hâter de labourer une large ceinture autour du village. Il mit d'autres hommes à creuser des tranchées. Le ciel était devenu tout rouge... et cela aidait les travaux puisqu'on y voyait comme en plein jour. Mais quel jour étrange ! Quelle abominable clarté silhouettait les bêtes affolées, les hommes courant, le geste, l'attitude de chaque ombre agitée, mais sans révéler les visages, en sorte que les vivants paraissaient noirs sur l'horizon. Puis le feu prenant encore plus de force, il se divisa et vint de deux côtés à la fois sur la colonie. Papa commanda aux femmes de partir en emmenant les enfants, les vieillards. « Le moins de choses possible, leur cria-t-il. Vite... laissez vos meubles... laissez tout... »

Mais combien il fut étonné par ces femmes qu'il avait cru si dociles ! D'abord elles ne voulurent pas quitter les tranchées qu'elles creusaient, côte à côte avec les hommes. Papa courait de l'une à l'autre, en prenait même quelques-unes aux épaules et les bousculait un peu.

Oh, les femmes têtues ! Dans leurs maisons, elles se mirent alors à ramasser cent objets inutiles : des matelas, des édredons, des marmites.

— Est-ce le temps de penser à cela ! leur criait papa en colère.

Mais elles retournaient encore dans leur maison, l'une pour prendre sa cafetière, l'autre une tasse fine.

Les chariots, les petites voitures à deux roues, les bogheys furent remplis d'effets domestiques : là-dessus on juchait des enfants arrachés à leur sommeil, qui pleuraient, et des poules qui s'envolaient, et de jeunes cochons. Des femmes attachaient leur vache à l'arrière d'un chariot. Jamais, tant qu'il serait resté quelque chose à emporter, ces insoumises n'auraient consenti à partir. Papa courut fouetter les chevaux à l'avant de la caravane. Épouvantés, ils s'élancèrent dans la trouée au sud, entre les colonnes de feu qui peu à peu se rejoignaient.

Alors papa eut l'idée de mettre le feu aux récoltes au nord du village. Ainsi le feu irait à la rencontre du feu et peut-être s'épuiserait-il. Cette tactique avait déjà réussi en d'autres occasions. Il appela Jan Sibulesky, un des Petits-Ruthènes en qui il avait toujours eu la plus grande confiance, un homme de jugement, prompt à saisir le bon sens et le choix raisonnable.

— Vite, dit mon père à Jan Sibulesky, prenez avec vous trois ou quatre hommes et courez allumer le feu à tous les coins des champs de blé.

C'est à ce moment que les Petits-Ruthènes firent mine de ne plus comprendre papa. Jan comme les autres ! Oh, les hommes têtus, cupides et fous ! Dans leur pays, ils n'avaient rien possédé, ou si peu : un maigre hectare au versant aride des Carpates pour nourrir toute une famille ; et ils s'en étaient arrachés sans peine. Mais, à présent qu'ils possédaient de tout : du foin, des betteraves à sucre, du blé magnifique, des granges pleines, de tout vraiment, ils ne voulaient absolument rien perdre.

— Mais si vous voulez tout garder, vous allez tout perdre, leur dit papa.

Et mon père devint comme furieux. Il gesticulait, hurlait des injures, en pensant peut-être que ces mots-là les Petits-Ruthènes les entendraient. Mais les insensés s'acharnaient à travers l'épaisse fumée à pousser encore leur charrue autour de la colonie. D'autres transportaient de l'eau de la rivière aux maisons ; ils en arrosaient les murs ; d'autres encore en tiraient du puits communal, au centre du village, qui était profond et presque glacé. Pensaient-ils que cette eau, si froide qu'elle faisait à l'extérieur du seau une buée, mieux que l'eau de la rivière rafraîchirait l'atmosphère ? Alors papa tenta d'aller tout seul mettre le feu aux récoltes, mais les Petits-Ruthènes l'en empêchèrent ; ainsi papa vit qu'ils avaient très bien compris ses ordres, qu'il était seul désormais parmi ces gens comme eux-mêmes l'étaient vis-à-vis de lui. Cette solitude dans le danger le désespéra. La chaleur augmentait. Parfois, des flammèches filaient au-dessus du village. Un grondement puissant emplissait l'air. Et tout était dans un désordre épouvantable ; il n'y avait plus de maître, plus d'obéissance. Chacun s'épuisait en des efforts solitaires ; quelques-uns attendaient le feu, une hache à la main. Puis le feu sauta d'un seul bond par-dessus une des tranchées ; il vint s'abattre sur un toit de chaume ; en un instant, cette maison fut tout illuminée à l'intérieur. Tout était perdu.

— Partez, partez, cria papa aux hommes. Vous n'avez plus que le temps de vous sauver vous-mêmes.

J'ai souvent imaginé papa tel qu'il devait paraître ce soir-là, très grand avec ses bras levés contre le ciel qui le découpait lui aussi en noir. Quelle terrible silhouette !

Mais les Petits-Ruthènes cherchaient maintenant à sauver la maison qui brûlait. Alors papa s'avança vers eux d'un air menaçant.

Il leva la main, leur montra le ciel embrasé et, dans leur langue, il leur demanda :

— Ne savez-vous pas ce que cela signifie ?

Tous également ahuris, ils levèrent la tête vers cette couleur de cauchemar au-dessus d'eux. Papa dit qu'ils eurent l'air d'oiseaux stupides tournant ensemble le cou vers un signe incompréhensible. Et, dans leur langue, papa leur dit ce que le signe démontrait :

— La colère de Dieu ! Entendez-vous : c'est la colère de Dieu !

Alors il se passa quelque chose d'infiniment cruel : tous les hommes comprenant enfin se disposaient à partir, tous, sauf ce Jan Sibulesky que mon père avait aimé et souvent offert en exemple à cause de son jugement jamais pris en faute. Jan tout à coup s'élança vers la chapelle ; il en sortit tenant une icône de la Vierge. Son icône devant lui comme un bouclier, il marcha vers la maison en feu. Papa vit tout de suite ce que Jan allait faire. Les flammes éclairaient son visage, la bouche, le front durcis par une intention inébranlable, la barbe blonde, les yeux bleus ; en pleine lumière, le grand Jan marchait, parfaitement visible ; aussi visible était l'icône qu'il portait, l'icône d'une Madone aux traits naïfs et tendres. Si bien éclairés, les yeux de l'image luisaient comme s'ils eussent été vivants.

— Arrête ! Imbécile ! cria mon père à Jan.

Mais personne ne lui obéissait depuis longtemps. Son grand tort, évidemment, avait été de parler de la colère de Dieu. Toute sa vie, mon père crut que là avait été son crime : interpréter Dieu, en quelque sorte le juger. Jan continuait à avancer vers les flammes, chantant un hymne, et tenant à la hauteur de son visage dur l'image pieuse.

— Tu vas mourir, lui dit papa. Arrêtez-le ; arrêtez ce pauvre fou, a-t-il demandé aux autres.

Mais ils étaient tous groupés comme des spectateurs en une haie vivante, et sans doute en ce moment étaient-ils très curieux de Dieu, de Jan ; si avides de curiosité qu'ils n'avaient plus d'autres pensées. Les paroles du cantique résonnèrent encore un moment à travers le crépitement des flammes ; puis tout à coup elles se changèrent en un épouvantable cri. Papa n'a jamais cessé d'entendre, succédant aux notes de la prière, ce rugissement d'horreur. Une poutre embrasée s'était écroulée sur Jan Sibulesky. Les hommes curieux de miracles se décidèrent enfin à partir, et en débandade. Ils enfourchaient leurs chevaux, les excitant d'un cri aigu ; ils grimpaient sur le siège des carrioles ; ils s'élançaient hors du village en se bousculant les uns les autres. Papa leur demanda, comme ils passaient devant lui, de crier chacun leur nom, car on ne distinguait plus les visages dans la fumée, et papa voulait s'assurer qu'aucun des Petits-Ruthènes ne serait laissé en arrière. « Gagnez le Sud », hurlait-il à chaque attelage qui passait devant lui. De ce côté, il y avait encore, entre les murs du feu, une brèche que de minute en minute on voyait se rétrécir.

Enfin, papa sauta dans son break et il tâcha de suivre au son du galop des chevaux la caravane enfoncée dans la fumée. Mais le véhicule était trop lourd pour rouler vite sur les cailloux, les mottes du terrain. Papa, d'un bond, enfourcha Dolly, puis il prit son canif et commença de trancher les courroies qui retenaient le break à la jument dont il retardait l'allure. Le cuir des courroies fut difficile à entamer ; enfin, l'une céda, puis l'autre. Dolly prit de la vitesse. Mais déjà le feu commençait à ramper çà et là sur la seule route encore ouverte. Papa vit que Dolly seule pourrait la franchir assez vite pour ne pas être brûlée, mais que, chargée d'un homme, sûrement elle ne pourrait pas. En avant, un des Petits-Ruthènes lui cria de loin de se hâter. Papa lui répondit de ne pas s'inquiéter, qu'il venait. Ce fut la dernière parole humaine qu'il entendit cette nuit. Debout à côté de Dolly, il lui commanda : « Pars... pars... Moi, dit-il, j'ai le puits de Dunrea ; là, si je peux y revenir, je serai sauf... Et je suis trop fatigué, vraiment trop, pour courir des milles encore... Le puits va me reposer... »

Mais personne cette nuit ne devait lui obéir, même pas sa douce, son obéissante Dolly pour qui papa, quand il quittait Winnipeg en route pour ses colonies, apportait des friandises, du sucre.

Alors il leva son fouet et il en donna un coup à Dolly, à l'endroit le plus sensible, dans les yeux. Elle partit, hennissant de dou-

138

leur, de reproche. Et courant, se baissant pour échapper aux flammes, papa revint au centre de Dunrea. Ses cheveux, sa barbe, ses sourcils étaient roussis. Il respirait le moins possible en tenant un mouchoir humide contre sa bouche. Il atteignit le bord du puits. Se saisissant de la corde avec laquelle on montait des seaux d'eau, papa se laissa glisser à l'intérieur profond et frais. Il descendit au ras de l'eau. Presque immédiatement le grondement des flammes l'environna. Tout autour du puits l'herbe brûlait ; la corde aussi commença de brûler ; papa la vit se défaire, fibre après fibre, en petites spirales de cendres. Vite, il arracha des briques, presque descellées, à l'intérieur du puits ; il se creusa une sorte d'enfoncement où il réussit à prendre appui. Alors il coupa la corde aussi haut qu'il put. À ce moment même, il vit une ombre au-dessus du puits, parfaitement découpée. Il fut appelé par un long hennissement. « Oh !... Dolly ! cria mon père, va-t'en, va-t'en ! » Il détacha une brique qu'il lança à la tête de Dolly. Papa dit qu'elle se pencha pour voir d'où venaient la voix furieuse, le projectile. Puis elle se cabra, elle se leva à une grande hauteur, tête et crinière dressées. Papa commença de sentir une odeur de chair brûlée.

Et il raconta comment l'intérieur du puits devint brûlant, l'air à ce point irrespirable qu'il dut descendre plus bas encore. Il s'aidait de la corde qu'il avait attachée à une saillie du revêtement. Il se mit dans l'eau jusqu'aux genoux, puis jusqu'à la taille. La moitié de son corps gelait, devenu inerte, cependant que sur sa tête pleuvaient des étincelles de feu... et il pensa que tout était vraiment fini. Papa dit qu'il s'était cru mort parce que soudain tout lui fut indifférent. C'est ce qui l'angoissa le plus quand il y repensa plus tard : que tout, au fond du puits, fût devenu si morne, si éteint, si extraordinairement silencieux. Il n'avait pas pensé à nous ; il n'éprouvait que le repos, un repos si grand qu'on ne pouvait y résister. Voilà ses propres paroles : « Ni regrets, ni espoir, ni désirs : un état de repos complet. » Au fond du puits, c'est à peine s'il arrivait à se souvenir de la vie, d'avoir vécu. Et comment avoir le goût de revenir d'une si profonde indifférence ! Papa se croyant mort s'étonnait tout juste que la mort fût si sombre, glaciale, vide... et si reposante... que dans la mort il n'y eût plus d'affections possibles. Au-dedans de lui c'était le désert, comme au-dessus de sa tête c'était aussi le désert à Dunrea.

Et papa dit qu'alors, dans cette absence de vie, il avait aperçu Agnès venue l'attendre comme elle faisait toujours au tramway qui ramenait notre père de Winnipeg. Il dit qu'il l'avait vue à l'arrêt du tram, au bout de notre petite rue Deschambault, et qu'auprès d'elle se tenait notre vieux chien colley qui toujours accompagnait Agnès. C'est cette vision qui à la longue avait été chercher papa si loin, dans son repos ; le regret de voir l'enfant et son chien attendre inutilement jour après jour, pendant des semaines, des mois, voilà ce qui fit revivre son âme morte. Il avait retrouvé la langue d'autrefois, des mots lointains : « Va-t'en, toi et le chien, va-t'en à la maison », avait-il tenté de dire à Agnès. Et ce mot : maison, que ses lèvres prononçaient, n'avait cependant éveillé qu'un étonnement extrême au fond de son cerveau. « La maison ! la maison de qui ? Pourquoi des maisons ?... » Et il avait de nouveau tâché de chasser l'enfant têtue qui restait au coin de la rue, malgré un vent froid, et qui frissonnait. « Il est inutile que tu m'attendes ; déjà je suis mort. Ne comprends-tu pas : être mort, c'est ne plus avoir de soucis, enfin ! » Mais Agnès répondait à papa au fond du puits : « Tu vas revenir ; je le sais... peut-être dans ce tram-ci qui arrive... »

Et papa avait sursauté en s'entendant lui-même parler ; au son de sa voix, il avait compris qu'il n'était pas mort. À cause de l'enfant au bout de la rue, il avait fait un effort démesuré pour s'attacher avec la corde aux parois du puits. Il s'était évanoui.

Les Petits-Ruthènes, le lendemain matin, le trouvèrent dans le puits.

Quand papa ouvrit les yeux sur la désolation qu'était la rivière Perdue, il crut à l'enfer. Curieusement, ce n'était pas au brasier de la veille, aux cris, aux ordres non suivis qu'il devait rattacher l'enfer, mais à ceci : un silence épais, comme inviolable, une terre sombre, noire partout, une horrible mort.

Se dressant sur la terre cuite où on l'avait étendu, papa essaya d'encourager ses Petits-Ruthènes ; puisqu'ils n'avaient pas perdu la vie, ils n'avaient pas perdu l'essentiel. Mais ni lui-même ni les Petits-Ruthènes ne tenaient encore beaucoup à l'essentiel. Ils dirent que c'était quand même la vie qu'ils avaient perdue, tout au moins dix années de leurs vies... Et papa songea à s'informer des femmes : « Étaient-elles toutes en sécurité ? » — « Oui, répondirent les Petits-Ruthènes : elles étaient toutes en sécurité, mais pleurant sur leurs douces maisons, leurs bahuts, leurs coffres pleins de beau linge... »

Papa revint parmi nous... et cependant y revint-il jamais !

Maman, tout effrayée à sa vue, lui demanda :

— Il t'est arrivé quelque chose, Édouard ? Qu'est-ce qui a pu t'arriver encore ?

Mais papa ne lui dit que le superficiel de son aventure, comment il avait perdu une colonie. Pendant longtemps, c'est tout ce qu'il avoua jamais. À Agnès seulement qui était venue s'asseoir près de lui et le regardait avec tendresse — elle n'avait pas peur, jamais elle n'eut peur de ses sourcils mi-brûlés — à Agnès un soir il raconta comment il s'était mêlé une fois d'interpréter Dieu aux hommes ; peut-être était-ce un jour où il regrettait de n'être pas resté au fond du puits... Lazare, sorti du tombeau, n'a jamais été gai, à ce que l'on sache.

Seulement, il y eut ceci de très curieux : papa devenu comme étranger à la joie, si loin d'elle qu'il ne pouvait presque plus la reconnaître sur un visage, papa néanmoins était sensible à la souffrance.

Oh ! voilà bien qui fut troublant : papa, si nous riions, si encore nous pouvions être heureux, en était tout étonné ! Mais qu'un malheur, une peine s'abattît sur l'un de nous, alors on voyait papa revivre... revenir à nous... souffrir davantage !...

ALICIA

I

Il faut bien que je raconte aussi l'histoire d'Alicia ; sans doute est-ce celle qui a le plus fortement marqué ma vie ; mais comme il m'en coûte !...

Notre Alicia aux grands yeux bleu sombre ! Et le contraste si étrange chez elle des yeux et de la chevelure d'un noir profond ! De maman, elle avait aussi les plus beaux sourcils que je puisse me rappeler, si fortement arqués, si hauts et purs qu'ils donnaient à son regard une expression d'étonnement, de douleur devant la vie. C'était elle, encore, elle avec son fin visage pâle ; et cependant, non, ce n'était plus Alicia. Car déjà elle ne reconnaissait plus ceux qu'elle aimait tant ; moi seulement, parfois, elle me reconnaissait encore ; ses yeux singuliers revenaient de si loin que, les voyant revenir, j'étais dans l'effroi ; puis elle me regardait, me souriait comme avant ; peut-être même m'embrassait-elle dans la joie de me retrouver ; mais elle me serrait trop fort ; et d'elle, d'Alicia, a présent j'avais peur ! Ensuite, elle s'en retournait d'où elle venait ; son regard nous perdait tous, parents, amis, petite sœur. Il n'y avait plus personne qu'elle-même d'enfermé dans son regard étranger. J'imaginais déjà combien il doit être affreux d'être toute seule en soi.

— Qu'est-ce qu'elle a donc, Alicia? allais-je demander à maman.

Nous avons toujours eu chez nous une grande gêne à montrer des larmes. Mais, si souvent alors, entrant dans la cuisine où maman se trouvait seule, je l'ai surprise s'essuyant les yeux du coin de son tablier ! Et elle faisait vite celle qui a beaucoup à faire et ne peut pas être dérangée. J'insistais :

— Qu'est-ce qu'elle a, Alicia ?

Ils (je veux dire les adultes) me protégeaient de la vérité. Ils me disaient qu'Alicia n'avait rien. Est-ce cela l'enfance : à force de mensonges, être tenue dans un monde à l'écart ? Mais *ils* ne pouvaient pas m'empêcher de chercher ; et de chercher seule, sans appui, me ramenait quand même dans leur monde à eux.

C'était l'été. Été plus chaud, plus rayonnant, il me semble, qu'il n'y en a jamais eu rue Deschambault. Nous étions prêts comme pour le bonheur avec nos arbres en fruits, des fleurs tout autour de la maison, la pelouse bien tondue. Si je me souviens bien de cet été, sans doute est-ce parce qu'il était si peu à sa place, si peu accordé avec nos pensées. Seule Alicia ne paraissait pas tenir compte de ce contraste. Elle qui causait notre malheur, elle s'en éloignait comme s'il n'eût pas été de son fait ; elle chantonnait presque tout le temps.

Un jour elle monta au grenier.

À tout instant, nous nous demandions, inquiets, comme s'il se fût agi d'un tout petit enfant échappé à notre surveillance : « Où est Alicia ? »

Et j'en vins à répondre presque tous les jours :

— Au grenier.

Une fois pourtant j'ai mis du temps à la trouver : elle s'était cachée au fond d'un placard tout noir.

Quand je l'ai enfin découverte, je l'ai vue se tenant la tête entre les mains, et elle pleurait.

Mais d'où vient que l'ayant trouvée comme si elle voulait jouer à la cachette avec moi, je n'ai pas éprouvé que c'était un jeu, ni le goût de le partager ? Autrefois, souvent elle et moi jouions à nous cacher l'une de l'autre ; mais, quand on se retrouvait, c'était pour rire ou pour nous accuser l'une l'autre d'avoir triché.

— Où est Alicia ? me demandait maman.

Et je la renseignais ; je disais :

— Aujourd'hui elle tresse des fleurs en chantant.

Et pourquoi était-ce si triste de voir Alicia des heures durant s'occuper à réunir des fleurs pour en faire des colliers, des bracelets dont elle se parait ? Simplement parce qu'elle n'était plus une petite fille ?...

Un jour, au grenier, Alicia se revêtit d'une longue robe blanche ; à sa taille elle mit un large ceinturon bleu ciel ; dans ses cheveux, des roses. Je ne l'avais jamais vue aussi belle : et pourquoi était-ce si triste de la voir belle ? Elle se pencha par la lucarne du grenier vers la rue et elle se mit à effeuiller des roses sur la tête de quelques passants. Et elle chantait d'une voix plaintive :

— Voici des fleurs... Bonnes gens... Voici des roses pour vous autres qui passez !...

Je ne sais pourquoi je me crus obligée d'aller dire à maman qu'Alicia jetait des roses sur la tête des passants ; on eût dit que cela nous couvrait de honte.

— Va la chercher ; tâche de la distraire, dit maman. Éloigne-la de la fenêtre.

Mais ce jour Alicia ne me reconnut pas non plus. Quand je cherchai à l'entraîner, tout à coup elle me jeta un regard méchant ; elle se mit à me crier : Judas ! Judas ! J'ai eu horriblement peur d'Alicia. Je me suis sauvée en tremblant... Hier pourtant, Alicia prenait soin de moi. C'était elle qui avait charge de moi quand maman était très fatiguée ou lorsque, voulant avoir une bonne après-midi devant elle pour attaquer un ouvrage de couture, elle me confiait à Alicia. Elle disait : « Alicia, veux-tu aller promener la petite ? Veux-tu t'en occuper ? » Il y a bien des grandes sœurs qui n'auraient pas aimé être encombrées tout le temps, comme cela, d'une petite... Mais Alicia ne m'a jamais fait l'affront d'avoir l'air ennuyée parce que je lui étais confiée.

Il est vrai que je l'ennuyais le moins possible. Nous partions ensemble de la maison, et j'avais du bonheur à voir que toujours nous prenions le côté sauvage de notre rue. Nous n'allions jamais, Alicia et moi, du côté de la ville ; lui tournant le dos, nous suivions le léger trottoir en bois jusqu'à la dernière maison de notre rue. Ensuite, nous continuions dans les champs. Bientôt nous atteignions notre petit bois de chênes noirs. Dans mon enfance j'ai pensé que ce bois était immense ; je croyais que c'était une forêt... Depuis longtemps je sais que ce n'était qu'un tout petit bois assez éclairci ; il ne nous cachait même pas tout à fait, au loin, le pignon de notre maison. N'importe, c'est entre ces minces chênes noirs que j'ai le mieux ressenti le mystère un peu dangereux, les attraits, la grave joie d'être en forêt. Alicia m'aidait à entretenir ce sentiment. Elle me disait, lorsque nous approchions de nos petits chênes : « Regarde, ils ont l'air de conspirateurs enveloppés de leurs longs manteaux sombres. » Puis nous oubliions que les chênes étaient des conspirateurs ; nous nous allongions sur l'herbe et nous guettions la chute des glands qui parfois nous tombaient sur le nez, quand nous n'avions pas été assez promptes à nous garer. Nous pouvions passer des heures sans parler. Mais déjà les pensées d'Alicia n'étaient pas toujours heureuses. Un jour, lui ayant déclaré que lorsque je serais grande je ferais de belles, belles choses, Alicia me dit tristement :

— On dit ça, et puis on ne fait jamais que des petites choses vilaines.

— Mais j'en ferai de grandes !

Alors, comme si j'étais malade, exposée à je ne sais quoi, Alicia m'a prise dans ses bras ; elle m'a bercée sous l'un des chênes qui bruissaient un peu au vent, et j'eus l'impression que le chêne, le ciel bleu, une inépuisable tendresse me berçaient. Mais quand je me suis un peu dégagée d'Alicia, j'ai vu qu'elle pleurait. Elle m'a dit :

— Vois-tu, moi, ce que je voudrais, c'est que personne ne souffre. Je voudrais passer ma vie à empêcher le malheur de toucher les gens : papa, maman d'abord ; et puis, oh ! tout le monde. Pourquoi pas tout le monde ! Qu'il y a de la peine dans le monde !

Puis elle m'avait de nouveau serrée dans ses bras en disant :

— Je te défendrai. Je leur défends de te faire du mal.

II

Mais, à présent, elle ne voyait pas comme nous étions malheureux. Elle ne se souvenait d'aucun de nous. Elle était notre plus grand malheur. On tâchait de la cacher quand il venait de la visite. Il y avait de nos connaissances, de nos amis qui s'informaient encore d'elle ; la plupart feignaient de ne la plus compter parmi nous ; mais quelques-uns encore demandaient à maman :

— Et votre fille Alicia ?

Et maman racontait comment Alicia avait été malade d'une fièvre qui l'avait pour ainsi dire consumée, ce que le docteur disait de pareilles maladies : ou on en mourait ; ou alors ce qui s'ensuivait était pire que la mort...

Et je m'en allais me cacher dans un coin du jardin pour scruter ces paroles. Que pouvait-il donc y avoir de pire que la mort ? J'aimais encore mieux garder Alicia malheureuse, je suppose, que de la voir mourir. J'eus peur qu'ils voulussent maintenant sa mort. Et c'est moi dès lors qui me disais : « Je défendrai Alicia. Je leur défends de lui faire du mal... » Mais un jour elle me mordit cruellement, et maman s'en aperçut. Elle me questionna en tremblant :

— Elle t'a fait mal ? Et avant, est-ce que ça lui est déjà arrivé de te faire mal ?

Je ne pouvais pas tout à fait le nier ; j'étais saisie d'un effroi insurmontable.

C'est alors qu'*ils* ont décidé d'envoyer Alicia au loin. *Ils* ne me disaient pas la vérité ; *ils* l'arrangeaient ; *ils* la changeaient du tout au tout. À mes questions acharnées : « Où est Alicia ? » *ils* répondaient qu'elle était bien soignée, que peut-être elle reviendrait à la santé, de prier pour elle. Alors, parfois, je demandais encore :

— Qu'est-ce qu'elle a, Alicia ?

Et maman qui avait été si patiente avec moi me renvoyait assez durement.

— Ne vois-tu pas que je ne sais où donner de la tête ! Laisse-moi donc en paix ! disait maman.

Un jour, papa et maman parlaient en cachette. Je savais à leur visage quand ce qu'ils avaient à dire était intéressant pour moi. Je fis semblant d'être occupée à colorier mon livre d'images. Papa et maman m'ont jeté un coup d'œil, puis ils ont continué de se parler.

— C'est une chance à tenter, disait papa. Alicia l'aimait tellement !...

— Mais ce n'est qu'une enfant !... et l'emmener là-bas, Édouard ! disait maman. Te rends-tu compte !...

Mais papa répliqua :

— Elle aimait tellement la petite. La joie de la revoir peut-être... Est-ce qu'on ne doit pas tout essayer ?

— À son âge, dit maman qui me désignait d'un coup de menton, elle peut en être marquée pour la vie...

Et papa :

— Souviens-toi comme elle l'aimait. Si quelqu'un peut encore quelque chose, c'est bien la petite... Elle seule peut accomplir le miracle...

Alors, comprenant qu'ils attendaient de moi un miracle, je me suis sauvée, j'ai été me cacher sous les branches les plus basses des sapins. Ils m'ont cherchée tout l'après-midi ; et le soir encore, ne m'ayant pas trouvée, ils m'appelaient de la maison :

— Petite ! Misère ! Christine !

Sous les sapins, dans la pénombre, je pensais aux pique-niques que si souvent nous faisions, rien que nous deux, Alicia et moi. Je suppose qu'elle avait gardé de l'enfance ce besoin, ce goût profond de l'indépendance, puisque nous avons si peu de vraie indépendance nous, les enfants. En tout cas, à elle comme à moi, rien ne paraissait moins agréable, plus banal que de s'asseoir pour manger à une table. Aussi, bien souvent, obtenions-nous de maman la permission de prendre du pain, des confitures, que nous allions manger, n'est-ce pas singulier ? dans un champ de maïs qui se trouvait un peu plus loin que le bois de chênes, au bord de la petite rivière Seine. L'endroit n'était pas du tout confortable ; il ne nous offrait pas de surface plane pour étaler notre manger et, bien entendu, il ne nous accordait aucun horizon. Pourtant, entre les hauts rangs de maïs, nous avons longtemps pris plaisir, Alicia et moi, à nous sentir comme enfermées, bien protégées, absolument cachées. Nous y passions des heures, pas du tout gênées par le fait que nous avions juste assez de place pour nous asseoir, pour nous accroupir plutôt entre les tiges serrées. Le froissement des grandes feuilles, le cri d'un oiseau parfois dans le champ de maïs, une espèce de bruit d'eau que faisait le vent en frôlant les jeunes épis, leur barbe que nous tirions pour nous en faire à nous-mêmes de la barbe ou des moustaches, tout nous était plaisir, amusement. De plus, et cela nous donnait un bon sentiment de sécurité, personne n'aurait pu nous approcher sans, au bruit, nous avertir. Dans le champ de maïs, nous étions comme dans une forteresse, bien défendues des autres par l'extrême flexibilité des tiges qui nous eussent, en craquant un peu plus fort, dénoncé une intrusion dans notre domaine. Pourtant, maman avait fini par apprendre où nous passions nos après-midi, et elle avait commencé déjà d'être inquiète.

— Dans le blé d'Inde, pourquoi toujours aller manger dans le blé d'Inde, quand il y a de si jolis endroits !

III

Très tôt le matin, nous sommes parties maman et moi pour aller
là-bas.

En route, j'ai demandé :

— Est-ce que vous avez enfermé Alicia ?

Maman a essayé de rire.

— Enfermée ! Quelle idée ! Mais non : elle est très bien. Elle est
soignée par les meilleurs médecins.

Mais la petite ville où nous sommes arrivées avait un air sombre
et pas comme une autre ville. Du moins, je l'ai vue ainsi. Il se peut
que ce fût à cause de moi. J'ai remarqué, depuis ce temps-là, que nos
pensées ont un grand et curieux pouvoir sur les choses ; elles
peuvent certains jours faire paraître belle une vieille bicoque grise ;
mais il leur arrive aussi de rendre très laid quelque chose qui ne l'est
peut-être pas en soi. Cette ville m'a paru silencieuse, ennuyée, rouge
et comme mal à l'aise au soleil. Sur une petite colline, un peu en
dehors de la ville, se dressait une grande et haute maison encore plus
silencieuse et plus sévère que tout le reste ; c'est vers cette maison
que nous nous sommes dirigées. Mais, que je n'oublie pas : maman
en arrivant dut demander son chemin, et elle le demanda en rougissant, à voix basse et malheureuse. À présent, nous connaissions
le chemin : nous avancions vers la haute maison de briques et bientôt nous avons distingué qu'elle se tenait au centre d'un assez beau
parc avec des allées, des bancs, des balançoires même et beaucoup

d'arbres. Mais d'où vient que malgré ce parc la maison parut n'avoir d'issue nulle part ? Peut-être à cause d'une clôture en fer, tout autour...

Je me suis rappelé le champ de maïs ; là, on était enfermé, c'est vrai, mais c'était tout autre chose !... La liberté, est-ce que ce ne serait pas de rester en un tout petit espace d'où l'on peut sortir si l'on veut ?

Et combien de voyages ai-je déjà faits avec maman, pensai-je, les uns les plus beaux du monde, où je voyais tout ce qui m'entourait, les autres tristes à me cacher les paysages. Que c'est curieux, le voyage !

Nous avons frappé à une porte massive. Une femme très calme nous a reçues dans un parloir. Je dis parloir faute de mieux, car c'était beaucoup mieux meublé qu'un parloir de couvent ou de presbytère ; il y avait des brochures éparses, de bons fauteuils assez gaiement recouverts de cretonne ; néanmoins l'idée ne me serait pas venue d'appeler cette pièce un salon ; on ne pouvait y être que pour attendre... attendre... C'était cela que disaient son silence et cependant toutes sortes de petits bruits venus de loin jusqu'ici, comme des pas légers, presque fuyants, et des bruits de clés, clés qu'on tourne dans une serrure ou qui se balancent au bout d'une chaîne pendue à la taille. Et puis, j'ai entendu un rire bref, mais effrayant. Je me suis hâtée de me boucher les oreilles. Maman ne paraissait pas l'avoir entendu. Elle ne s'aperçut même pas à quel point j'étais terrifiée. Il fallait que maman eût bien du chagrin pour ne même plus voir le mien. *Ils* disent que le chagrin rapproche les gens ; ce n'est pas toujours vrai ; ce jour-là, autour de maman assise sur une chaise droite, le chagrin faisait un petit cercle bien fermé.

Alors, nous avons entendu des pas s'approcher. La porte s'est ouverte. Accompagnée d'une femme en uniforme bleu, Alicia parut sur le seuil. Je dis Alicia, faute de mieux aussi. Car ce ne pouvait pas être Alicia qui se tenait ainsi, la tête penchée, le corps tout mou, comme brisée, brisée de je ne sais quelle abominable façon !

Et j'ai eu envie de crier aux femmes, à la maison, à toute cette ville rouge : « Qu'avez-vous fait d'Alicia ? »

La femme en uniforme dit à maman qu'*elle* allait beaucoup mieux, qu'il ne fallait pas s'attendre à trop évidemment, mais qu'il y avait progrès ; puis elle nous quitta.

Mais Alicia n'en resta pas moins assise, sans bouger, sans rien regarder.

— Alicia ! a dit maman si doucement. Est-ce que tu ne me reconnais pas ? — Et maman s'est nommée : — Ta mère... mais si gênée d'avoir à le dire que, comme une cire, elle a paru brûler et fondre ensuite...

Alicia a levé un peu la tête ; ses yeux ont regardé du côté de maman ; ils ont effleuré ce visage de maman comme celui d'une étrangère aimable... et ils ont continué ailleurs...

Et c'est curieux : à ce moment seulement, j'ai compris l'expression de maman qui, depuis quelque temps, se murmurait parfois à elle-même : « Sous terre, je voudrais être sous terre !... »

Alors elle m'a fait un petit signe d'encouragement, pas très persuasif, comme si elle pensait : « Essaie toujours, toi, de faire le miracle. »

J'ai glissé hors de ma chaise. Je suis venue près d'Alicia. J'ai mis mes bras autour de sa taille et moi aussi je l'ai appelée :

— Alicia !

Elle m'a souri alors, mais c'était comme le sourire d'un tout petit enfant qui ne distingue encore que très vaguement, au visage, à la voix ceux qui l'aiment. Et mon cœur s'est brisé ; je sais qu'il devait être brisé ; je n'avais plus de courage pour le miracle. J'ai laissé ma tête tomber sur les genoux d'Alicia et je me suis mise à pleurer en me rappelant tout à coup le bruissement des feuilles de maïs au-dessus de nous.

Alors j'ai senti la main d'Alicia qui doucement touchait ma joue mouillée comme pour se rendre compte d'une chose inexplicable, très étrange ; et, comme si cette main allait à la rencontre d'une habitude depuis longtemps oubliée et peu à peu retrouvée, elle a commencé à caresser mes tempes, mes cheveux.

Je me suis retournée sur les genoux d'Alicia. Ses yeux étaient fixes, posés sur un problème si ardu que la pupille ne bougeait pas le moindrement. On aurait dit qu'une lumière de l'intérieur tentait de venir jusqu'aux yeux ; j'ai pensé alors à ces longs corridors obscurs que l'on parcourt une lampe à la main... Alicia avait-elle donc si long à parcourir, seule dans ces passages noirs ? Et était-ce le souvenir, cette petite lueur que de temps en temps je voyais luire à l'arrière de ses yeux ?

Brusquement, la lumière y a mieux brillé. Sa petite lampe allumée, Alicia devait approcher de l'issue ; des pensées, de vraies pensées passèrent sur son visage mais comme des passantes voilées, indécises. Oh ! qu'il est passionnant de voir une âme revenir sur un visage !

Alicia me tenait dans son regard. Elle me regarda intensément, me sourit, trouva mon nom. Même elle me parla :

— La Petite ! C'est toi ! D'où viens-tu donc toute seule ?

Puis elle s'est écriée :

— Tu es venue me chercher ! C'est toi qui es venue me chercher !... Je savais que tu viendrais !...

Et la joie a sauté dans son visage comme le soleil même. N'était-ce pas merveilleux ? Revenant à la vie l'âme d'Alicia trouvait d'abord la joie ! Comme si l'âme était faite pour la joie...

Mais tout de suite, ses lèvres, ses mains se mirent à trembler ! D'où vient que le désespoir aussitôt après la joie s'est jeté sur elle. Je n'avais jamais vu auparavant le désespoir, et pourtant je l'ai reconnu. C'était bien cela : un moment de lucidité, où l'on voit sa vie et le mal qu'on fait aux autres, tout leur malheur, mais il n'est plus possible d'y rien changer ; il est trop tard ; ou encore on n'était soi-même que l'instrument de la souffrance... on ne peut rien à tout cela...

Ce désespoir n'a pas duré longtemps. Ni maman ni moi n'aurions pu le supporter davantage... ni Alicia elle-même. Il la tuait pour ainsi dire sous notre regard.

Un seul instant donc, nous fûmes nous-mêmes en Alicia, et Alicia fut elle-même en nous, et nous étions sur une même rive, proches à nous toucher, à nous voir... Puis le désespoir a emporté Alicia. Elle a commencé de s'éloigner ; et, tout à coup, une sombre rivière invisible s'est creusée entre nous. Alicia, sur l'autre rive, prenait de la distance... mystérieusement... elle se retirait. J'ai eu le goût de l'appeler, tant elle était loin déjà. Et elle, comme quelqu'un qui va disparaître, elle a levé la main, elle l'a agitée vers nous.

Après quoi, elle eut l'air d'une petite fille sage à peu près de mon âge et qui jouait à croiser et à décroiser ses doigts.

Elle est morte quelques mois plus tard. *Ils* l'ont enterrée comme on enterre tous les gens, qu'ils soient morts le jour de leur mort ou longtemps avant, à cause de la vie peut-être... Quelle différence peut-il y avoir là ?... Et pourquoi ont-ils dit d'Alicia que Dieu... en venant la chercher... lui avait fait une grâce ?...

MA TANTE THÉRÉSINA VEILLEUX

I

Ma tante Thérésina Veilleux naquit dans notre froide province du Manitoba, et ce fut pour elle un malheur. Elle souffrait de l'asthme et le vent qui souffle par chez nous lui était des plus contraires ; l'air même lui faisait tort... sauf quand il était doux et parfumé par l'églantine, comme il arrive au mois de juin... Alors ma tante pouvait respirer sans trop de crainte.

Elle passa sa jeunesse à lire des romans d'amour. Vu la pente que prit plus tard son caractère, je pense qu'elle aurait préféré lire autre chose, mais elle n'avait pas le choix ; dans les campagnes où elle vécut, ne circulaient alors que des almanachs populaires ou des feuilletons auxquels étaient abonnées quelques âmes simples et que l'on se passait de main en main. Ma tante Thérésina en lut des centaines, bien qu'elle se plaignît de les voir se terminer d'une manière si peu vraisemblable, les jeunes filles pauvres et méconnues y étant toujours en fin de compte épousées par quelque prince hongrois ou serbe.

Quelques années plus tard, quand ma tante eut des enfants, elle leur donna des prénoms aussi peu communs dans notre milieu que Serge, Maxence, Clarisse, Léopold... et nous pensâmes qu'elle les avait retenus de ses lectures des jours de claustration. En tout cas, ma tante était fière d'avoir trouvé pour ses enfants des noms qui ne couraient certes pas nos chemins de terre, au Manitoba ; et il y eut tout de même cela de romanesque dans sa vie.

Au temps où elle lisait des feuilletons, rien pourtant ne laissait prévoir qu'un jour elle se marierait. « Pauvre Thérésina, qui donc la prendrait avec son asthme ! » disait-on d'elle, comme à regret, lorsqu'on remarquait qu'elle était jeune encore.

Elle n'avait pu aller à l'école — une petite école entre les champs de blé, à deux milles de chez elle — que deux jours par-ci, trois jours par-là, mais, même dans les temps les plus doux de l'année, il arrive qu'un orage éclate, qu'un vent aigre s'élève... et il fallait souvent que quelqu'un se chargeât de ramener chez elle l'enfant malade que l'on asseyait dans une voiturette tirée par un bon vieux colley qui fut longtemps le meilleur ami de Thérésina.

À l'âge de vingt ans, elle allait parfois aux veillées, lorsqu'elles se donnaient dans des maisons bien chaudes, claquemurées ; pendant que les autres dansaient la polka ou s'époumonaient à chanter, ma tante Thérésina restait assise, un châle mauve de laine fine autour des épaules, et portant de temps en temps à ses lèvres un mouchoir de linon. C'est ainsi que la vit mon oncle Majorique, et il aima tout de suite, sans changement de cœur possible, ma tante Thérésina. Il paraît qu'elle avait alors des yeux bleus très beaux que la maladie peut-être rendait brillants. Du reste, entre ses crises, surtout si elle restait une semaine sans en avoir, Thérésina prenait une expression vivante, fine, un peu narquoise, comme si elle observait plus de choses que les autres ; et mon oncle Majorique, pensant que cette jeune fille devait être intelligente, l'aimait ainsi. On a dit longtemps qu'il lui trouvait une ressemblance avec Emily Brontë de qui tout à fait par hasard il avait pu voir une photographie ; mais son imagination devait égarer quelque peu mon oncle, car si Thérésina avait le visage assez long et le haut front d'Emily, elle n'en avait pas ce regard plein d'une passion emmurée vivante.

Néanmoins, dans notre famille on avait mis mon oncle en garde contre un mariage avec cette jeune fille. « Majorique, as-tu seulement pensé à l'existence que tu te prépares ? »

Il l'épousa dans un des mois les plus chauds de l'année, en sorte que Thérésina put se rendre à l'église en mousseline, sans manteau, ayant même renoncé pour ce jour à son joli châle de laine souple.

Mais par la suite, quand vinrent au monde les enfants de Thérésina, je me rappelle avoir entendu des chuchotements, des soupirs, avoir surpris des mines consternées, je me rappelle une atmosphère de reproche, comme s'il s'agissait, chaque fois que ma tante donnait naissance à un enfant, d'un véritable malheur. Du reste, je m'étonnai beaucoup en ce temps-là que, trop malade pour soigner elle-même ses enfants, ma tante ne le fût pas assez pour ne point passer tout son temps à en mettre au monde. Mais à l'âge que j'avais alors, peut-on comprendre que la vie s'acharne à éclore même dans les plus pénibles circonstances ? Et, du reste, plus tard, le comprend-on beaucoup mieux ?

Au bout de huit années, ils vinrent s'installer dans notre ville ou plutôt tout à côté, à Winnipeg. Mon oncle prétendait que l'hiver devait être plus facile à supporter dans une ville comme Winnipeg, aux rues en longues enfilades, que dans les régions où les fermes sont à un mille pour le moins les unes des autres. Il pensait aussi trouver en ville des médecins qui pourraient tenter autre chose pour Thérésina que de vieux conseils : se tenir toujours au sec, au chaud, éviter la pluie...

Mon oncle, ayant vendu sa ferme, se fit horloger à Winnipeg. Lorsqu'on marqua un certain étonnement du choix de ce métier, mon oncle rit un peu et dit que nous étions loin encore d'imaginer ce qu'il savait faire et pourrait entreprendre. Il expliqua que la ville manquait justement d'horlogers ; il l'avait vu dès le premier jour, en parcourant les rues, et il en avait tiré la conclusion qu'il gagnerait très bien sa vie à réparer des horloges et des montres ; par chez nous, laissa-t-il entendre, il devait y avoir beaucoup de pendules détraquées ; les heures ne coïncidaient pas, et que de rendez-vous manqués ! Sous ses dehors de farceur, mon oncle était un homme que l'on finit par découvrir doué de sens pratique. Du reste, il devint un assez habile horloger.

Malheureusement, ma tante ne se trouva pas mieux de ce changement entrepris pour elle. Je me souviens, quand nous allions la voir par des soirs de janvier, combien il fallait se hâter de refermer derrière soi la lourde porte double, ensuite la porte intérieure garnie d'un ruban de feutre — quelquefois même, à trop nous dépêcher, nous coincions dans cette porte la queue de nos manteaux — et pousser vivement contre le seuil un paillasson... Mais si vite qu'on eût observé la consigne, un peu de la nuit glaciale avait dû pénétrer dans la maison et parvenir dans la petite chambre close tout au fond d'un couloir, où se tenait ma tante, car bien souvent, dès en entrant, ce que l'on entendait, c'était la sifflante, la terrible toux de Thérésina.

On n'allait pas la voir avec des vêtements qui eussent encore senti la neige et le gel ; auparavant, on se chauffait au gros poêle toujours bourré de bûches et ronronnant ; là, mon oncle, resté gai, nous entretenait des clients amusants qu'il recevait dans sa boutique de la Main Street, et il nous faisait rire.

Quand ensuite on se présentait à ma tante Thérésina, on ne voyait pas pour cela son visage. Ma tante craignait encore l'air froid que nous avions traversé et dont il pouvait nous rester quelque chose dans les cheveux, sur l'épiderme. Depuis un an ou deux, elle vivait encapuchonnée, emmitouflée, enveloppée de multiples couvertures, au fond d'une atroce fumée sucrée et douceâtre, car les médecins de Winnipeg faisaient fumer à ma tante des cigarettes médicamenteuses. Un châle jeté sur sa tête et dont elle soulevait parfois le bord pour nous voir l'abritait à la manière d'une tente ; au fond, on apercevait quelque chose qui brillait — sans doute les yeux de Thérésina, les yeux bleus que mon oncle Majorique avait aimés. Une main longue et mince dissimulait le reste du visage. Ma tante ne respirait plus que derrière sa main, comme pour ne prendre de l'air que tout juste ce qu'il lui fallait. Je n'ai jamais vu personne respirer avec tant de précaution, de prudence et même d'effroi.

Nous autres, les enfants, ayant salué ma tante, nous avions toujours hâte de retourner près de mon oncle qui nous chanterait quelque chose ou nous proposerait une partie de dominos. Il ne nous paraissait pas possible qu'à ce gros paquet de jupes, de laine, de châles qu'était ma tante, on pût parler, raconter ses élans, sourire ; qu'on pût vis-à-vis de lui devenir aimant et confiant. Ma mère, toutefois, entrait en véritable conversation avec l'étrange ballot assis au bord du lit, et même elle devait le faire rire, car, parfois, toute la masse de couvertures s'agitait d'un mouvement à la fois drôle et effrayant. Mais bientôt un sifflement s'en échappait, les mouvements changeaient d'allure, et alors tout le monde se précipitait pour aider ma tante à reprendre son souffle, lui tapoter un peu le dos, la soutenir, tâcher de prévenir une crise. Au fond, rire était encore plus funeste à ma tante que de respirer. En sorte que l'on ne contait pas souvent à ma tante Thérésina des choses amusantes et piquantes. Du reste, en ce temps-là, déjà, elle marquait de la préférence pour les gens affligés... et ma mère, sur ce point, gâtait ma tante Thérésina, l'entretenant à longueur de soirées d'une foule de malheureux auxquels ma tante prenait de l'intérêt, hochant la tête et concluant : « Eh oui ! Il y a encore pire que nous. »

Cependant, ma mère prétendait toujours que dans ces soirs d'hiver elle-même apprenait beaucoup de notre tante, car si Thérésina était incapable de faire ni couture, ni cuisine, elle savait très bien comment l'on doit s'y prendre pour réussir en toutes choses. Éloignée de toute pratique, elle avait acquis sur tout une théorie fort juste, un peu sévère et autoritaire, mais très juste, insistait maman. Et puis, ayant beaucoup de temps pour voir les gens se tromper, commettre de lourdes erreurs, ma tante avait acquis un remarquable esprit critique ; elle mettait le doigt sur les travers d'autrui. Il était même vraiment extraordinaire que, ne sortant jamais, vivant emmurée, immobile, elle pût diriger fort bien sa maison, savoir tout ce qui se passait, non seulement chez elle, mais dans presque toute la ville. Elle fut la première à avertir ma mère de la façon d'agir de notre cousine Yvonne que ses parents avaient confiée aux miens et qui finissait ses études dans notre ville : notre cousine Yvonne, que l'on jugeait très dévote puisque tous les soirs elle allait à l'église, en vérité prenait prétexte de cette sortie pour rencontrer un certain M. Belleau, un nouveau venu, inquiétant surtout parce qu'on ne connaissait rien de ses antécédents. Et cette fois, vraiment, ma mère fut courroucée, plutôt, d'ailleurs, contre Thérésina que contre Yvonne.

Mais la véritable passion de ma tante Thérésina, plus que celle de la critique, était d'abord celle des géraniums. Elle en avait d'un rouge si neuf, si ardent, que je n'en ai jamais vu depuis de pareils. Quand elle n'allait pas trop mal, ma tante venait les regarder dans de petits pots rangés au bord de ses fenêtres. Elle époussetait — je vois encore comment ! — du bout du doigt, finement, leurs feuilles, et elle disait : « Il ne faut pas laisser de poussière aux feuilles des plantes ; les plantes respirent par leurs feuilles ; les plantes ont besoin de bon air. » Et elle avait encore grande joie à vivre quand arrivait le mois de juin et qu'elle pouvait mettre ses géraniums en pleine terre. Mon oncle s'offrait à faire pour elle ce travail. Il lui représentait qu'à se tenir près de la terre encore humide et fraîche, elle s'exposerait à un accès de son mal. Mais, couverte de trois ou quatre chandails, une petite truelle à la main, ma tante un beau jour s'en venait mettre elle-même ses plants en terre.

Hélas ! l'été est bien court au Manitoba. Dès les premières pluies d'automne, Thérésina devait rentrer dans sa petite chambre surchauffée, toute remplie de l'odeur des affreuses cigarettes qu'elle se remettait à fumer. Et mon oncle Majorique commençait à dire que le Manitoba ne convenait pas du tout à la maladie de Thérésina, qu'il lui faudrait un tout autre pays... la Californie, par exemple... eh oui, pourquoi pas la Californie !...

« Elle qui aime tant les plantes, disait mon oncle, est-ce que cela a du sens qu'elle ne puisse les voir, en profiter, que deux mois par année !... » et il fit venir d'une agence touristique des brochures, toutes sortes de renseignements sur la Californie.

C'est ainsi, par des dépliants, des cartes postales aux couleurs vives — et on les disait outrées ! — que la Californie nous apparut à l'horizon glacé des Prairies, pas trop lointaine et merveilleusement vraie avec de petites maisons blanches en plein soleil !

De ce fatras de cartes envoyées à mon oncle, ma tante tira une feuille qui montrait des géraniums — non plus des plantes, presque des arbres ! — tout couverts d'immenses et de glorieuses fleurs. Ma tante plia cette feuille, la conserva entre les pages de son livre de prières, à côté d'images du Pape et de cartes mortuaires qui portaient les mots : *In Memoriam*. C'est ainsi que ma tante Thérésina éprouva tout de suite de la sympathie pour le projet californien.

Elle regardait les petites maisons de stuc blanc des cartes postales, et elle disait :

— Tiens ! c'est joli, ça, comme habitation !

Elle savait déjà qu'à l'intérieur de ces petites maisons il y a un jardin qu'on nomme : patio.

Et elle finit par inviter ma mère à la venir voir un jour en Californie.

— Quand on y sera, précisa ma tante, tu viendras, Éveline. Je te ferai venir. Toi qui as des rhumatismes, ça te fera du bien aussi...

Dans notre famille tous étaient loin de prendre trop au sérieux la nouvelle idée de mon oncle. On en parlait comme d'un projet insensé. Insensé ?... Oui... sans doute... si on pensait à la distance, à l'argent qu'il nécessitait. Mon oncle n'en avait pas moins pris des informations sérieuses : le gouvernement américain lui permettait de s'établir avec sa famille aux États-Unis, mais, vu que ma tante était incurable, à la condition qu'il fût possesseur d'un capital de 10 000 dollars. À cela près, pour l'air chaud et pour la lumière, le projet n'était-il pas tout ce qu'il y a de plus raisonnable ? Mais mon oncle était loin de posséder le capital exigé par le gouvernement des États-Unis.

Alors, faute de mieux, et comme il avait entendu dire que le climat de la Saskatchewan était favorable aux bronches, mon oncle partit de notre ville et emmena toute sa famille vivre à Gravelbourg.

III

En Saskatchewan, il vente non seulement l'hiver, mais presque tout l'été, et peut-être le vent de l'été y est-il encore plus mauvais que le vent d'hiver. On nous racontait, à nous qui n'avions jamais vu le désert, non plus que grand-chose en Saskatchewan, qu'il y soufflait un vent de Sahara. Ces comparaisons n'en firent pas moins souffler dans notre imagination le vent de Gravelbourg, ce vent plaintif, chaud, desséchant, qui tout le jour soulevait la pauvre terre, la réduisait en une poussière errante et malheureuse. Ainsi, peu à peu, s'en allait le meilleur du sol. Ma tante Thérésina nous écrivit une petite lettre bien triste où elle disait : « Chère Éveline, je mets la main à la plume pour te dire qu'ici on est tous assez bien, sauf que je ne peux même pas sortir en plein été. Le vent m'étouffe... le bétail dépérit... les puits sèchent... »

Là-bas, mon oncle avait trouvé trop de concurrence dans son métier d'horloger, ou bien de meilleures chances de prospérité dans un autre ; il s'était fait marchand de bois — on construisait une maison neuve par semaine à Gravelbourg en ce temps-là... La première année, il vendit je ne sais combien de milliers de pieds de planches. Toutefois, comme le climat n'était pas du tout ce qu'il fallait à Thérésina, mon oncle cherchait déjà un acheteur pour tout le bois qui lui restait. Ma tante patientait. Elle gardait sa confiance au projet de Californie, et terminait dorénavant ses lettres par ces phrases : « On s'est rapproché un peu, c'est vrai, de la Californie,

169

mais pas tellement quand on y pense... Il faudra que ce soit pour bientôt, car avant longtemps je n'aurai même plus la force de quitter ce terrible Gravelbourg... »

Puis nous apprîmes que mon oncle Majorique, au bout de quatre ans et demi passés à Gravelbourg, s'était dirigé encore plus à l'ouest. Le déménagement de la famille était chose faite, la lettre nous en apportant la nouvelle provenait de North-Battleford.

Qu'est-ce qui avait pu pousser mon oncle à choisir cette ville ! Gravelbourg, passe encore ! C'est un centre canadien-français relativement au sud, et la famille en y arrivant avait pu trouver quelques connaissances, mais North-Battleford, cette laide ville pionnière établie dans la boue, résonnant alors du matin au soir de coups de marteau, en plein essor turbulent comme les villes du Klondike au temps de l'or ! Ce devait être dans le seul but d'y faire fortune, avons-nous longtemps pensé, que mon oncle avait décidé cette étape. Il put revenir à son ancien métier auquel il ajouta celui de bijoutier... « Deux choses qui vont ensemble, écrivit mon oncle, car ici il y a beaucoup de nouveaux riches, et je pense leur vendre sans difficulté de petits diamants pour les fiançailles, et d'autres bouts de pierres précieuses, pas trop chères, pour les anniversaires... »

C'est pourtant vers ce temps où mon oncle naviguait en plein enthousiasme que ma tante commença de lui ravir sa confiance. Elle l'appelait dès lors : l'Utopiste ! le Rêveur !... et d'autres mots moins flatteurs. « Vous connaissez votre frère, écrivit-elle à ma mère : un chimérique, un trotteur !... Je vais ballottée de ville en ville ; c'est à peine si on a le temps de défaire nos paquets que le beau Majorique veut nous conduire ailleurs... La Californie, oui, parlons-en de la Californie ! Du train où nous allons, un de ces jours nous nous réveillerons plutôt en Alaska ! Au fond, je me demande si votre frère n'a pas pris prétexte de ce projet de Californie pour satisfaire sa bougeotte... »

De son côté, mon oncle Majorique se plaignait un peu à nous de ma tante Thérésina. « La pauvre femme devient pas mal disputeuse. Je sais que c'est sa terrible maladie qui la rend ainsi et pour moi-même je n'en souffre pas trop... mais les enfants grandissent...

et ils n'aiment pas se faire disputer tout le temps. J'ai peur que nous ne gardions pas longtemps avec nous Maxence et Clarisse. »

Évidemment, à ma tante Thérésina, la bonne humeur, le tapage, les chansons, les danses, tout cela paraissait de moins en moins naturel. On apprenait qu'elle était sévère envers ses filles et ses grands garçons. Pourtant, ce qu'elle déplorait le plus, c'était que Serge fût retourné en arrière, à Gravelbourg, où il gérait le commerce de bois. Puis elle eut à regretter Clarisse qui trouva à se marier — richement, disait mon oncle — à North-Battleford.

« Nous laissons des enfants dans chaque ville où nous passons, écrivait ma tante ; il ne nous en restera bientôt plus aucun... Quel éparpillement ! » Et elle revenait, pour le rendre responsable de tous leurs malheurs, à ce stupide projet d'aller en Californie. « On aurait bien dû rester chez nous », disait-elle. Et il n'y avait plus de doute que, par cette bizarre alchimie du temps — cette transformation de nos souvenirs que lui seul réussit à accomplir — les années passées au Manitoba et même sa petite chambre étouffante de Winnipeg étaient devenues pour ma tante le meilleur de son existence.

Il y avait seize ans qu'ils nous avaient quittés, lorsque nous sûmes qu'ils étaient parvenus à Edmonton.

— Mon Dieu ! dit ma mère. Aller choisir Edmonton ! La ville la plus au nord du Canada ! Pauvre Thérésina, la voilà loin de sa Californie ! Souffrant de plus en plus de rhumatismes, ma mère en était venue à souhaiter autant pour elle-même que pour ma tante de voir celle-ci arriver enfin en Californie, puisque ne lui avait jamais été retirée l'invitation d'aller là-bas au temps des oranges. Et rien ne me paraissait aussi étonnant alors que ce goût de partir qu'éprouvaient chez nous les vieilles gens. Contrairement à ce qui se passe ailleurs où ce sont les jeunes qui veulent s'en aller, chez nous c'étaient les pauvres gens las du froid, les malades, les arthritiques, tout ce qu'il y avait de plus âgé ou de plus mal en point. Nous, les jeunes, ma foi, nous aimions bien l'hiver cinglant, la neige qui crissait sous nos pas, notre haleine gelée au sortir des lèvres, l'amusante frange de givre à nos cils, et, sur nos têtes, l'éclair bleu des étoiles ; et, parfois aussi, le grand jeu déployé des aurores boréales.

D'Edmonton, nous n'eûmes jamais qu'une pauvre petite lettre de Thérésina, qui commençait par : « Je mets la main à la plume pour te dire qu'aujourd'hui le thermomètre marque cinquante-deux degrés sous zéro... Même les chevaux ne peuvent sortir. Je pensais autrefois connaître le froid ; mon tort a été de m'en plaindre trop tôt... » Vers la fin de cette lettre elle racontait : « Le beau Majorique trouve qu'Edmonton est une ville d'avenir... Il parle d'avenir comme s'il avait toujours vingt ans... Moi, je dois approcher de ma fin... Ce n'était pas la volonté de Dieu que je descende au Sud... La volonté de Dieu sera faite... »

Dans la suite, elle fut trop mal pour nous donner des nouvelles. Nous en eûmes par Noémi qui devint garde-malade, s'implanta à Edmonton et ne voulut point en partir lorsque le reste de la famille descendit vers Vancouver.

Ma tante était devenue si pessimiste, si bien assurée de n'aller jamais que du froid vers le froid, qu'à Vancouver elle refusa assez longtemps de croire que l'air était doux et agréable. Toutefois, un jour, ayant fait quelques pas au dehors, ma tante, qui se croyait toujours dans une nature cruelle, aperçut des roses. Elle nous envoya des pétales séchés, disant à ma mère : « Tu ne le croiras peut-être pas : je les ai cueillis le vingt-huit février, en pensant à toi, ma chère Éveline... » Un peu de joie, nous le vîmes avec plaisir, ranimait les sentiments affectueux dans le cœur de notre pauvre tante.

Mais les brouillards de la côte furent néfastes à son asthme. Ma tante en vint à s'enfermer là-bas dans une petite pièce étouffante comme elle l'avait été presque toute sa vie, que ce fût ici ou là, et, en définitive, disait-elle, qu'avait-elle vu de tant de villes, de tant de milles parcourus, de presque tout un continent traversé !

Pendant ce temps, mon oncle montait une affaire de blanchissage. Toujours jeune, alerte et entreprenant, il venait sans doute de découvrir qu'en cette ville les blanchisseurs étaient trop rares. Ses affaires allèrent si bien qu'en trois ou quatre années il posséda toute une chaîne de comptoirs ; que son troisième fils, Léopold, en devenait le gérant. Celui-là de ses fils devait demeurer à Vancouver ; en sorte qu'il y a encore aujourd'hui presque à travers tout le pays des enfants de ma tante Thérésina et de mon oncle Majorique, comme pour bien prouver que tous ces déménagements, cette invraisemblable randonnée, tout cela ne fut pas une histoire en l'air. Quant à mon oncle, on vit enfin à quel point malgré les apparences il avait été l'homme d'une seule idée... que, s'il avait pris la route du Nord pour aller au Sud, en fléchissant vers l'Ouest il s'était tout de même assez approché du but. En tout cas, il acheta, sur la foi d'un agent d'immeubles, un morceau de terre en Californie. On a dit qu'il l'avait acheté avant de partir pour mieux décider ma tante, car, si l'argent n'avait pas été engagé, la place prête à recevoir Thérésina, presque certainement elle n'aurait pas consenti, malgré les brouillards, à se mettre encore en route.

C'était tout près d'un petit village qui s'appelait : Buena Vista ou Bella Vista. La propriété comprenait un verger planté surtout d'orangers et d'avocados. Un peu en retrait de la côte, elle avait vue sur la mer, et on pouvait voir aussi, mais très loin, des montagnes couvertes de neige. Une petite maison attendait mon oncle et ma tante. Le jardin était parfaitement abrité du vent, exposé au meilleur soleil de la journée. Mais pour l'heure, la question assez angoissante était : ma tante Thérésina allait-elle supporter le voyage ? Son cœur était bien affaibli. Et nous du Manitoba, cet hiver-là, de jour en jour nous nous demandions : « Thérésina va-t-elle y arriver dans sa Californie ? »

— Souvent, disait ma mère, c'est au moment où l'on va toucher au désir de toute une existence que tout à coup il nous est ravi !

IV

Elle y arriva, mais secouée par le voyage, têtue, déjà vieille, il est vrai, et elle refusa pour ainsi dire de croire qu'elle y était. Enfin, tout de même, elle commença de se défaire de ses chandails, de ses grosses jupes piquées et doublées, de son serre-tête, d'un vieux foulard gris emporté du Manitoba... Et sa dernière et chère enfant, Rachel, que nous n'avons jamais vue, nous écrivit : « On avait cru, nous avions tous cru que maman était une assez grosse personne, plutôt ronde et en boule, hein ! Eh bien ! quand on lui eut enlevé les flanelles qu'elle avait un peu partout, les tricots, puis d'autres flanelles et encore d'autres tricots, ah ! ma tante Éveline, on s'est aperçu alors que de maman il ne restait presque plus rien !... »

Mais ils guettaient, sans trop s'en donner l'air, ils guettaient la mine que ferait cette petite vieille quand elle verrait une nature, un pays, un ciel qui ne lui seraient pas hostiles, qui, bien au contraire, avaient été faits exprès pour elle. Mon oncle, Rachel, Roberto, tous avaient hâte de voir le visage de ma tante quand elle regarderait du côté de la création. Mais ils n'en montraient rien : ma tante s'irritait d'être surprise dans les petits moments où elle était encore un peu joyeuse.

Un jour, enfin, ma tante osa s'aventurer à l'air libre, les mains, le visage découverts.

Et si le petit pays du bon Dieu qu'elle eut alors sous les yeux ressemble le moindrement à la carte postale que nous en reçûmes, il faut convenir qu'il était un bel aperçu de ce que Dieu a pu créer lorsqu'il entrait dans ses vues de réjouir le regard des hommes.

À gauche, il y avait une allée d'eucalyptus, et l'air était tout purifié par l'odeur propre de leurs grandes feuilles échevelées. Sur l'autre côté, c'étaient des rhododendrons touffus et des poinsettias. Et puis, par-delà d'autres massifs de plantes, au loin, sans doute ma tante aperçut-elle la mer. On lui dit que c'était l'océan Pacifique, qu'il portait ici son nom et qu'avec ses vagues lentes il roulait sur les grèves des coquillages d'îles lointaines, de Hawaï peut-être... Ils conduisirent ma tante vers une chaise de jardin placée de manière à ce que Thérésina pût voir la vallée, la mer aussi en tournant un peu les yeux. Au-dessus de son fauteuil s'agitaient des branches de seringas en fleurs.

Deux ou trois fois, elle retourna s'asseoir sous les seringas. Ils l'y trouvèrent un jour les yeux grands ouverts et fixes à jamais. Et dans les yeux bleus de Thérésina, il y avait une profonde interrogation, comme si l'âme de ma pauvre tante en partant de ce monde s'était demandé : Pourquoi ? Mais pourquoi ?

Seulement, sur le sens de ce pourquoi on ne fut jamais d'accord dans notre famille. Les uns dirent que ma tante avait dû demander à Dieu pourquoi elle devait mourir à présent qu'elle était arrivée ; d'autres pensèrent que, regardant les cimes neigeuses, c'était le Manitoba qu'elle avait revu, aimé et regretté peut-être comme jamais ; et, ainsi, qu'elle s'était demandé pourquoi elle était ici, et non pas là-bas, dans son pays, pour mourir.

* * *

Il ne doit pas exister d'endroit meilleur pour y vivre que le petit cimetière attenant à la vieille mission espagnole de San Juan Capistrano. Un vent aussi léger que le souffle des enfants remue un peu les feuilles sauvages des eucalyptus. Les poivriers laissent tomber, fin comme un voile de jeune morte, leur long et menu feuillage. Peu élevé, de la couleur des jarres mexicaines, un mur de terre cuite entoure ce jardin ; cette maçonnerie primitive, on l'appelle *adobe*, ce qui en inversant deux lettres donnerait : *abode,* c'est-à-dire demeure. Et c'est ici en effet la demeure de milliers d'hirondelles.

Tous les ans, le dix-sept mars exactement, à heure fixe même, elles y arrivent ; des curieux, groupés là un peu avant le temps, attendent le voilier ; à l'heure dite, le ciel devient sombre du côté de la mer ; le tourbillon d'oiseaux se précise ; et, à l'instant fixé, les hirondelles plongent chez elles, dans le cimetière.

Mais quand ma tante mourut, depuis longtemps il n'y avait plus de place au cimetière de San Juan Capistrano.

Mon oncle offrit une grosse somme au prieur, mais celui-ci refusa quand même. Chaque pouce de ce jardin était pris depuis nombre d'années, dit-il, du reste l'enclos célèbre était en passe de devenir une sorte de musée.

Alors mon oncle, patiemment, en pleurant peut-être un peu — il s'imaginait avoir causé la mort de sa femme en l'obligeant à venir en Californie — mon oncle raconta un peu cette singulière histoire de Thérésina née dans une des provinces les plus froides du Canada ; comment, petite fille, elle n'avait jamais pu aller à l'école plus que deux jours par-ci, trois jours par-là, bien qu'elle eût aimé apprendre des livres ; comment, aux veillées, pendant sa jeunesse, elle n'avait pu danser, ce qui fait que, plus tard, la danse lui avait paru frivole et condamnable ; enfin mon oncle parla si bien que le prieur de San Juan Capistrano devint perplexe. Tout en agitant de la main une branche de poivrier, il eut l'air de considérer ce très singulier destin de ma tante née Thérésina Veilleux, et jusqu'au froid qu'il y avait eu dans cette vie !...

Alors il laissa entendre que peut-être... peut-être on pourrait creuser une fosse au-dessus d'une autre très ancienne — il y en avait qui remontaient au temps des Espagnols, deux cents ans en arrière, probablement davantage — ainsi, disait le prieur, la famille de ce mort, sans doute éteinte, ne pourrait s'en offusquer, ni le mort réduit à quelques ossements très secs... Lui-même le prieur, en robe blanche, semblait très bien concevoir que pour cette morte du

177

Manitoba il ne pouvait exister meilleure sépulture qu'entre ces murs si longtemps cuits par le soleil.

Et c'est ainsi que sur la tombe de ma tante Thérésina Veilleux, tout le jour, les oiseaux chantent.

L'ITALIENNE

I

Nous avions alors sur le dessus de notre piano *Bell*, parmi des photographies de Georgianna, de Gervais en collégien, de moi-même, parmi je ne sais quelles autres photos anciennes, nous avions trônant depuis bien longtemps une espèce de potiche bleue à deux anses et à long goulot — un vase à fleurs je suppose — mais dans laquelle on ne mettait plus rien, pour ménager la pauvre chose, très endommagée. Le vernis s'écaillait, le haut du vase tout ébréché révélait la matière blanche, friable, du plâtre peut-être, dont il était fait. Je le détestais et l'époussetais sans beaucoup d'égards ; un jour il me glissa des mains et donna contre le coin du piano. Maman surgit. Elle me regarda presque avec colère.

—Mains de beurre ! me dit-elle. Ne peux-tu pas faire attention à ma cruche de Milan !

J'allais riposter, quand je reconnus que la colère de maman, comme celle de bien des gens sans doute, n'était que de la fatigue, du regret, beaucoup de peines accumulées sur le cœur. Et puis, je me rappelai comment la cruche de Milan était venue chez nous...

En ce temps-là, j'étais toute petite encore ; c'était avant la mort d'Alicia ; ce devait même être avant qu'Odette fît son adieu au monde ; mon père tous les mois, avec fierté, nous apportait de quoi vivre... de quoi faire quelques petites folies aussi. Je pense que nous étions très heureux, puisque nous n'avions que des soucis ordinaires : par exemple, les beaux champs libres à l'est de notre maison le resteraient-ils ? N'y verrions-nous pas un jour ou l'autre s'élever quelque vilaine construction qui boucherait notre vue, nous priverait de notre beau soleil levant ? Jusque-là il envahissait à l'aise toutes nos fenêtres de ce côté, et il y en avait plusieurs à l'est justement : en ce temps-là on prenait soin d'orienter les fenêtres d'une maison vers le plus chaud soleil de la journée. Oui, je le pense, ce fut alors notre plus grave souci, presque notre unique souci : perdrions-nous notre soleil !

Mais pour le moment peu de gens étaient tentés de venir vivre dans notre quartier ; il avait le dos à la ville ; la face pour ainsi dire aux champs... Et ces champs libres près de chez nous restaient à notre usage. Papa avait obtenu de l'hôtel de ville l'autorisation d'y faire un grand potager. Plus loin, il y avait de la place pour jouer aux Indiens Sioux, aux embuscades ; et il s'en trouvait encore que M. Gauthier, notre voisin à l'est et marbrier, utilisait lui aussi à ses fins ; c'est-à-dire il y laissait des mois durant des pierres en forme de croix que l'herbe molle finissait par recouvrir à moitié, des angelots parfois et des stèles en pierre du Manitoba, la très pure pierre blanche de Tyndall. En sorte qu'à l'est de chez nous il y avait une étendue en culture, puis un espace en broussailles où se dressaient nos petites tentes d'enfants faites avec des sacs de jute, et, un peu plus loin, un doux cimetière sans morts. Quelques-uns des monuments inachevés, ou gâchés peut-être par M. Gauthier, y restaient indéfiniment, leurs épitaphes laissées en suspens : à la pieuse mémoire de... bonne épouse... bonne mère... Parfois, on déchiffrait encore sur la face verdie de la pierre : décédée à l'âge de vingt-deux ans, trois mois, quatorze jours... N'était-ce pas singulier : dans ce temps-là on calculait à un jour près la vie sur terre des humains !

Mais un jour papa rentra tout agité, nous apportant une nouvelle bouleversante.

— Devine, dit-il sombrement à ma mère.

Maman ne pouvait pas deviner.

—Le terrain à côté de chez nous est vendu, dit papa.

Et ce qui était pire : quelqu'un y allait construire une maison. L'acheteur, dit papa, était un Italien. Nouvellement arrivé au pays.

—Un Italien ! dit maman. Pourvu que ce ne soit pas un de ces bandits de Sicile !

Le lendemain déjà, sans guère nous laisser de temps pour nous habituer à la catastrophe, des hommes vinrent creuser une cave dans ce terrain joignant le nôtre, et, à notre goût, trop près de notre maison. Toutefois, les dimensions de la cave étaient restreintes ; la maison qui s'élèverait là ne nous cacherait peut-être pas beaucoup le soleil.

Nous n'étions pas encore pleinement rassurés lorsque, du petit tram jaune qui nous reliait à Winnipeg, descendit un grand et gros homme aux cheveux tout noirs, aux yeux également noirs et brillants, portant des moustaches noires à pointes relevées, un gros homme en bleu de travail et large chapeau de paille, qui s'en vint commencer à construire tout seul la maison voisine. Des planches étaient arrivées ; en un rien de temps, l'homme aux moustaches en eut assemblé une dizaine qu'il se mit à clouer et, en même temps, il entonna une chanson en italien ; maman dit que ça devait être un air d'opéra. Pendant une pause que fit le chanteur maman lui adressa la parole, de notre galerie ; elle apprit qu'il se nommait Giuseppe Sariano, qu'il était menuisier de son métier et que cette fois il travaillait sous ses propres ordres ; oui c'était sa maison à lui qu'il élevait ; puis on l'entendit chanter de plus belle.

Alors maman affirma qu'il avait l'air d'un brave homme, et elle décida mon père à « sonder » l'Italien

—Cherche surtout à savoir, dit maman, s'il a l'intention de bâtir aussi haut que nous.

Mon père parla assez longtemps avec l'Italien qui ne pouvait répondre à la moindre question sans sauter d'un pied sur l'autre, se tourner à l'est, à l'ouest, et mettre tout son corps en branle. Papa revint, et à sa démarche on vit que les nouvelles étaient bonnes. En fait, papa riait tout seul ; il n'a pas beaucoup ri dans sa vie, mais ce jour-là il remuait un peu les épaules en se hâtant de nous apporter les paroles de l'Italien.

D'abord, papa lui ayant demandé : « Est-ce que vous comptez bâtir une grande maison ?... » l'Italien avait sauté sur place et

affirmé : « Si... si... très bonne... très grande maison !... » —
« Aussi grande que la mienne ? » L'Italien avait pris un air consterné.
— « Oh non ! Oh, la la ! Pas un castello ; j'ai une toute petite femme,
pas très forte, menue, menue. Elle se perdrait dans votre château...
Et puis, petite femme à moi mourrait à entretenir, à nettoyer si
grand. Mais, quand même, je bâtis grand ! » Tout réjoui par l'intérêt
de papa, l'Italien avait alors tiré de sa poche le dessin qu'il avait fait
lui-même de sa maison.

À ce souvenir, papa fut repris d'une douce gaieté. « Cette maison, dit-il à maman, sais-tu combien grande elle va être ?... À peu
près comme notre cuisine, autant que j'en puisse juger... Non, au
fond, je pense qu'on en mettrait deux pareilles dans notre cuisine... »

— Sans doute, dit maman, en Italie cela passerait pour une
grande maison.

Il s'agissait en fait d'un humble et gentil bungalow en bois, sans
étage, et nous l'avons vu avec plaisir prendre forme, puisque jamais
il ne nous cacherait notre vue, notre soleil.

Est-ce à ce moment, ou un peu plus tard, et parce qu'il ne nous
faisait aucun tort que nous nous sommes mis tous ensemble à aimer
l'Italien ? En tout cas, dès le premier jour et tous les jours qui
suivirent, j'ai passé presque tout mon temps à le surveiller par une
brèche dans notre palissade ; et, chez nous, l'on n'avait pas l'air
fâché des nouvelles que je rapportais à tout bout de champ. En
somme, jusque-là, notre sympathie pour cet homme se nourrissait de
peu : il construisait une très petite maison, il avait une menue,
menue femme qui quitterait sous peu Milan et arriverait, la maison
faite ; de plus, il chantait des opéras. Néanmoins, papa dut penser
que cela suffisait à justifier notre amitié, parce que tout subitement
il annonça à maman :

— Si je lui donnais le prunier !

C'était un beau petit arbre qui prenait racine chez nous mais qui
portait ses branches, ses fruits, tout son petit corps d'arbre de l'autre
côté de notre palissade et par conséquent chez l'Italien. Et papa fit
comme il l'avait annoncé : il alla en personne donner l'arbre à
l'Italien.

Sur la galerie, maman attendait de savoir comment l'Italien recevrait le cadeau. Et papa rapporta que l'Italien devait être sentimental en Italien ; aussitôt en possession de l'arbre, il l'avait palpé, en avait caressé l'écorce ; il l'avait embrassé même, en disant : « Je suis propriétaire d'un arbre ! En mettant le pied pour ainsi dire au Canada, j'acquiers un arbre tout fait et portant des fruits ! Le ciel est avec Giuseppe Sariano. » Ainsi étaient les Italiens, dit papa : ils débordaient à tout propos ; ils dépassaient la mesure.

Ce débordement du voisin nous gagna-t-il ? Fut-ce l'exemple ? Maman commença de se demander si l'Italien avait apporté de quoi manger, s'il ne conviendrait pas de lui envoyer porter de la soupe chaude... J'allai m'aplatir contre la brèche dans notre palissade ; puis je revins dire aux autres que l'Italien avait son manger dans une petite boîte de fer-blanc, qu'à cet instant même, assis le dos à notre palissade, il mangeait du pain, des oignons crus, et qu'il buvait du liquide rouge à même une bouteille. Mes nouvelles propagées, je retournai surveiller notre homme. Il était assez mal rasé à ce qu'il me parut : non seulement ses cheveux, sa peau étaient noirs, mais aussi les petits poils qu'il avait dans les narines et les oreilles. Pour l'examiner, j'avais un assez bon trou dans une planche ; lui, je ne pense pas qu'il pouvait me voir ; tout au plus mon œil, collé à cette ouverture de la palissade. À présent, il dormait, allongé dans l'herbe, son chapeau de paille sur le nez. Du bout des lèvres il faisait un petit bruit et comme une moue. Une paille devait le chatouiller quelque part ; de temps en temps il essayait de se retourner, mais il était trop endormi pour y arriver, et toujours il retombait le ventre en haut. Je me demandais ce que je pourrais faire pour augmenter le confort d'un homme si aimable d'Italie. Papa ne me paraissait pas avoir été généreux, car enfin le prunier n'avait pas à être donné : il était déjà chez l'Italien. Je tenais à offrir beaucoup plus. Et alors je pensai au petit carré de fraises de papa.

Peu de gens dans notre ville et dans tout le Manitoba peut-être avaient réussi à en faire pousser d'aussi pleines, d'aussi sucrées. Mais, hélas ! papa connaissait ses fraises une à une : deux belles presque à point, mûres de tous les côtés, une autre, blanchie encore du côté de l'ombre ; cinq ou six autres, pas du tout prêtes à manger. Il n'y avait pas moyen de lui en dérober sans qu'il s'en aperçût. Ce n'est pas que mon père fût chiche de ses fraises. Seulement il aimait se réserver le plaisir de nous en apporter un beau jour une petite tasse pleine qu'il posait sur la table en disant avec une fausse modestie : « Il n'y en a vraiment pas pour la peine, juste de quoi vous laisser bonne bouche ! »

Alors, ce jour-là, pour faire plaisir moi aussi, j'ai enfreint la discipline. J'allai choisir les deux grosses fraises à point, et puis pour faire une bonne mesure — parce que deux ne vont pas sans trois ! — je cueillis celle qui était un peu blanche d'un côté. C'était beaucoup : trois fraises pour une seule personne ! Je n'en dérobais jamais qu'une à la fois, quand c'était pour moi. Mais notre Italien était un si gros homme ! Je revins vers lui, mes trois fraises au creux de ma robe retroussée.

Il dormait toujours, et, de sa bouche ouverte, il poussait de l'air qui faisait bouger ses cheveux sur le front. J'ai mis une fraise dans sa bouche, puis une autre. Alors sa pomme d'Adam a sauté ; peut-être commençait-il à sentir le goût des fraises ; ou bien il faillit étouffer. En tout cas, je me dépêchai, comme il avait encore la bouche ouverte, d'y enfoncer la troisième fraise. Mais c'était la moins mûre ; sans doute aurais-je dû commencer par celle-ci et finir avec la meilleure.

L'Italien s'éveilla complètement. Il bâilla un peu en battant l'air de ses bras. J'étais accroupie dans l'herbe à l'examiner de près. En ouvrant les yeux, il vit les miens qui le guettaient. Au même moment sans doute il goûta la dernière fraise que je venais de lui glisser dans la bouche. Les deux autres, c'est dommage, avaient dû passer tout droit ; mais celle-ci, il parut la reconnaître pour ce qu'elle était. Il s'assit dans l'herbe en riant et en tendant un peu les bras. Et il dit, comme si c'était mon nom :

— Fraise ! Petite Fraise ! Charmante petite Fraise !

J'ai tout de suite aimé d'être appelée Fraise, peut-être parce que j'en avais si peu l'air avec mon pâle petit visage toujours tiré, les cernes autour de mes yeux, mes genoux écorchés. Petite Misère me convenait mieux. Mais que j'aimai cet autre nom, comme bon à manger ! Je demandai alors à l'Italien :

— Êtes-vous un bandit de Sicile ?

— *Banditto !*

Il s'est esclaffé. Son ventre, large et plein, fut secoué de rires. Puis, dans l'herbe, il m'attira dans ses bras — papa avait raison de dire que les Italiens ont une nature sentimentale — et il me dit que sa pauvre petite femme, toujours malade, ne pouvait pas avoir d'enfants, que jamais peut-être il n'aurait de petite fille... Et là-dessus il s'est mis à m'embrasser.

Je ne savais au juste comment m'accuser du vol des trois fraises ; assez penaude, je suis entrée dans notre maison, et j'ai commencé par avouer :

— L'Italien m'a embrassée.

Papa et maman se sont jeté un de ces regards ; j'appelle « un de ces regards » ceux qui ont l'air de signaux entre grandes personnes. Papa s'est levé en serrant un peu les poings.

— Qu'est-ce que tu dis là ? m'a demandé maman.

Papa a grommelé :

— On se hâte toujours trop aussi de faire amitié avec les étrangers !

Alors maman m'a parlé un peu des hommes, elle m'a dit que les petites filles ne devaient pas se laisser embrasser par eux, à moins que ce ne fût dans des occasions très spéciales : une joie rare, l'émotion !...

Je lui ai dit que, justement, ç'avait été dans l'émotion...

Ils m'ont quand même répété de bien me tenir sur mes gardes... Je me demandais sur quelles gardes... Mais le lendemain l'Italien raconta l'histoire des trois fraises à papa, qui la raconta à maman, qui la conta aux voisins... et l'on n'eut plus besoin de se tenir sur ses gardes. J'en étais contente. J'ai toujours aimé me trouver auprès de quelqu'un qui travaille ; même toute petite j'aimais encore mieux voir travailler que de jouer, et c'est que l'Italien travaillait vite et bien ! En peu de temps la charpente du petit bungalow fut montée.

Mais on se parlait encore, l'Italien et moi, lui, d'en haut, les jambes pendantes, des clous serrés au coin de la bouche ; moi, d'en bas, la tête levée contre le soleil et abritant mes yeux de la main. Et quelquefois, là-haut, l'Italien poussait un grand A-a-a-a ! de chanson : c'était le début d'un de ses airs d'opéra. Maman sortait sur notre galerie pour mieux entendre le chant. Elle disait de l'Italien : « Il a le cœur sur la manche. » Elle mettait ses mains en cornet pour que sa voix allât vers le voisin, et elle demandait dans le cornet : « Avez-vous reçu d'autres nouvelles de Mme Sariano ? » L'Italien dégringolait en bas, fouillait ses poches, en sortait, toute chiffonnée, la dernière lettre d'Italie. Il la lisait à maman : « ... Je prendrai bientôt les mers pour retrouver mon Giuseppe ; je compte les jours, les heures... Dis mes amitiés à ces bons voisins du Canada dont tu me parles dans ta dernière lettre... à la petite Fraise... »

Ayant lu la lettre, Giuseppe remontait taper du marteau, rattraper le temps perdu.

—Avez-vous jamais vu un homme plus heureux ! disait maman.

Elle le disait avec une belle envie, ni triste ni méchante, une de ces envies comme jamais on n'en éprouve pour la richesse ou le prestige, avec une envie qui venait du cœur.

Le bungalow était fini ; à présent, l'Italien le meublait, et, à tout propos, il venait chercher l'avis de maman. Où valait-il mieux placer le poêle ? Maman lui recommanda, puisque sa femme était petite, de penser à mettre les armoires à sa portée. Et, de fait, sans maman, Giuseppe aurait mis les armoires beaucoup trop haut.

Enfin l'Italienne dut être arrivée et installée avec son Italien dans leur bungalow, mais on ne les voyait ni l'un ni l'autre ; c'était comme inhabité de leur côté, et maman me défendit d'y aller, disant que tous deux tenaient sans doute à se trouver en tête-à-tête quelque temps. Mais l'Italien ne devait pas être de cet avis ; dès le lendemain, il vint de très bonne heure nous crier : « Êtes-vous tous morts ? » C'était pour nous présenter Lisa, cachée dans le dos de son mari, et qu'il tirait doucement par la main.

II

Elle était encore plus mince, plus délicate que nous ne l'avions pensé d'après les photographies que nous avait montrées Giuseppe. Elle parlait d'une voix douce, très faible ; c'était comme un gazouillis. Et maman dit :

— C'est à cause de son accent italien. La langue italienne est très chantante.

Mais, quoique gênée, elle avait des manières, et on le vit quand elle eut surmonté un peu sa timidité et aussi, sans doute, l'étonnement qu'elle avait de se voir tout à coup dans la rue Deschambault.

Giuseppe dut s'en aller tous les jours, au loin, construire des maisons, mais il vint auparavant demander à maman si elle ne voudrait pas tâcher de distraire un peu Lisa. Il dit, ce que nous avions pensé de nous-mêmes, combien il y avait loin de Milan au bungalow tout neuf ; donc maman pouvait-elle aider Lisa à surmonter son ennui ? Maman promit de faire de son mieux.

Tous les matins, dès lors, Giuseppe partait à bonne heure de notre rue. Il sortait, accompagné de Lisa. Elle allait avec lui un petit bout de chemin ; puis il l'embrassait, faisait une dizaine de pas, se retournait pour la regarder encore. Ensuite il devait presque toujours courir pour attraper son tram qui attendait, le marchepied baissé... Il est vrai que le conducteur ne pressait jamais la fin des adieux par des coups de cloche.

Le soir, c'était plus gentil encore. Un tram stoppait. Nous en voyions descendre l'Italien couvert de sciure de poussière de bois. Son pas était celui d'un homme fatigué. Son corps penchait en avant ; sa boîte à outils avait l'air lourde à porter. Mais bientôt, en regardant les fenêtres de son bungalow, il commençait à se redresser ; il lissait sa moustache. Alors Lisa sortait et partait à sa rencontre. Giuseppe aussi hâtait le pas. Il lâchait sa boîte à outils, il soulevait sa femme de terre ; il l'enlevait, il la prenait toute dans ses grands bras. Et pendant qu'il la tenait ainsi, on voyait les pieds de l'Italienne, détachés du sol, qui battaient l'air.

Maman se tenait derrière un rideau qu'elle soulevait un peu pour mieux les voir s'embrasser. Puis elle laissait tomber le rideau et elle disait avec bonheur, avec envie :

— Comme il l'aime !

Et parfois elle ajoutait :

— La plus belle couronne d'une femme c'est d'être aimée. Il n'y a rien, ni topaze, ni diamant, ni améthyste, ni émeraude, ni rubis, pour mieux embellir une femme !

Pourtant la petite Italienne de Giuseppe me paraissait bien chétive, bien maigre ! Souvent, de mon côté, j'allais lui rendre visite. C'était une vraie visite, parce que l'Italienne me recevait tout à fait comme une grande personne en reçoit une autre. Elle me faisait asseoir dans son salon ; elle s'asseyait en face de moi. Ses pieds non plus ne touchaient pas tout à fait le plancher. Elle me demandait : « Comment va madame votre maman ? Monsieur votre père ? » Je répondais poliment : « Bien, merci. » Puis je m'informais à mon tour : « Comment va monsieur votre mari ?... » J'aimais bien nos conversations dans le genre de celles que j'avais avec d'autres petites filles, quand on jouait à la dame.

Plus tard, j'ai appris que Lisa pour faire plaisir à son mari apprenait le français dans un livre où il y avait exactement le genre de phrases qu'elle me faisait. N'importe ! Elle les prononçait avec tout le sentiment qu'il faut. Mais je ne voyais toujours pas comment elle était parée mieux encore que par des rubis, des émeraudes, des topazes. Du reste, aucun de nous, pas même maman qui en parlait tant, n'avait jamais vu de ces pierres. Et comment était donc l'amour pour être mieux encore ? « Votre père aussi, disait maman, vous aime ; voyez tous les sacrifices qu'il fait pour vous ! » Oui, sans doute, papa aimait, et à en souffrir constamment, à en être presque toujours tourmenté. L'Italien, lui, portait son amour sur son visage comme un soleil. Mais ce n'était pas à envier, c'était sûrement inaccessible, un produit d'Italie sans doute, maman en convenait elle-même.

— Je vous assure qu'un tel amour ça ne se rencontre pas tous les jours. Est-il rien de plus rare ?

Pourtant, nous n'aimions que mieux l'Italienne d'être tant aimée de son Giuseppe. Est-ce juste cela ? Est-ce juste d'aimer quelqu'un déjà si richement aimé ? J'aurais cru plus charitable de garder notre amour pour ceux qui, n'en ayant pas eu dès le commencement, ainsi n'en auront peut-être jamais.

— Mais c'est comme ça, disait maman, et on n'y changera rien : tout le monde n'aime-t-il pas les amoureux ?

Cependant Lisa n'en dépérissait pas moins. Notre Italien, tout sombre à présent, l'air terriblement en colère, en parla à maman. « Elle s'en va, je la perdrai, dit-il, elle n'a pas plus de force qu'un petit oiseau... L'ennui l'achève. Je pensais qu'un changement d'air... Mais non, fit-il en frappant sa forte poitrine, je l'ai arrachée à son pays... et elle en meurt... »

— Eh ! pas du tout, le consolait maman ; elle va reprendre. Ne vous accusez pas ainsi, Giuseppe Sariano ; il n'y a pas de femme plus heureuse au monde que la vôtre !...

III

Pourtant, c'est lui qui mourut brusquement en plein soleil, au faîte d'une maison qu'il construisait, foudroyé par l'apoplexie ; et ils dirent que ce n'était pas surprenant à bien y penser, parce qu'il était gros mangeur, buveur de vin, qu'il était d'un tempérament de feu, le sang trop riche, trop épais... Voilà ce que l'on dit de notre Italien quand il fut mort.

Alors il n'y eut plus rien, n'est-ce pas, pour retenir auprès de nous l'Italienne. Elle paraissait plus petite, plus perdue au Manitoba qu'une enfant de douze ans et elle allait repartir pour l'Italie, emportant dans un cercueil le corps embaumé de Giuseppe Sariano.

Nous allâmes lui faire une visite de condoléances, maman et moi. Par respect, maman mit son manteau qui était noir ; moi, de sombre, je n'avais que ma robe bleu marine. L'Italienne nous fit asseoir dans son petit salon, comme naguère quand j'y allais seule prendre des nouvelles de son mari.

Elle nous ouvrit les bras, disant : « Chère madame, chère enfant, vous qui avez été si bonnes pour Giuseppe !... Vous que Giuseppe aimait tellement !... »

Giuseppe avait été bruyant, démonstratif même dans le chagrin ; elle, elle y était calme ; on aurait dit une petite eau triste qui coulait en pleurant très bas, très bas. Et c'était bien d'elle : gentiment elle chercha à nous consoler d'avoir perdu Giuseppe Sariano.

— Alors, comme ça, dit maman en s'essuyant les yeux, c'est donc vrai : nous allons vous perdre aussi. Vous allez regagner votre Italie ?...

Lisa s'excusa avec politesse :

— J'aimerais enterrer Giuseppe Sariano là-bas, au soleil... dit-elle.

— Oui, dit maman : le soleil ! On s'imagine qu'on le connaît ici !

Et quoique ce ne fût guère le temps d'en parler, maman demanda :

— Dites-moi encore quelques petites choses de l'Italie... Vous la reverrez... mais moi, est-ce que je la connaîtrai jamais !

Car il était arrivé ceci : maman, en s'occupant de distraire l'Italienne de l'Italie, avait appris à s'ennuyer de ce pays-là. Toutefois, cela avait été bon pour Lisa de voir maman devenir amoureuse de l'Italie. Elle lui avait montré sur des cartes postales bien des choses italiennes : Saint-Pierre de Rome, un plafond tout décoré de peintures qui devaient être difficiles à regarder, en l'air comme elles étaient, une tour qui penchait tout de travers, Pompéi où les gens morts depuis des siècles n'avaient pas changé de posture — il y avait même un chien enchaîné dans les ruines — et un affreux volcan qui crachait de la lave tous les vingt ans. Maman s'était intéressée à toutes ces histoires et beaucoup à une vilaine image de la cathédrale de Milan, tout en rose et bleu pâle. Maman aimait aussi, à la folie, une espèce de cruche bleue que l'Italienne lui avait raconté avoir achetée à un vieux potier presque aveugle dans les rues de Milan. Lisa, à ce propos, avait dit que les potiers travaillaient dans les rues en chantant ; que, misérables pauvres, ils n'en étaient pas moins souvent plus heureux que des riches... Est-ce à cause de cela que maman aimait l'Italie ? Et la potiche, l'aimait-elle à cause de l'Italie ?...

Le temps vint de se séparer. Maman, debout, ne savait comment faire. Mais l'Italienne, encore qu'elle fût si petite, savait comment on se sépare.

— Prenez, dit-elle à maman, quelque objet ici, dans ma maison, qui vous parlera de moi-même, de feu mon mari. Je n'ai rien de grande valeur ; prenez donc, je vous prie, ce qui vous tente peut-être un peu...

Alors, j'ai vu maman tourner malgré elle un regard vers la cruche. J'aurais bien voulu attirer son attention vers un beau coquillage où l'on entendait gronder la mer. Mais, tout en protestant qu'elle ne pouvait se décider à prendre aucune des si jolies choses qu'il y avait dans le salon, maman lorgnait la potiche.

L'Italienne prit le vase qui était sur une console, l'épousseta un peu et le lui tendit :

— Oh, c'est beaucoup trop ! dit maman. Je ne peux pas... je ne devrais pas vous prendre un si joli objet !...

— Pensez donc ! fit l'Italienne ; j'en trouverai mille autres pareils à Milan. Acceptez ; vous me feriez le plus grand plaisir.

Alors maman céda à sa joie ; la cruche entre ses mains, elle l'éloignait un peu pour mieux l'admirer, puis la serrait sur son cœur comme une chose de prix qu'on a perdue puis retrouvée.

Nous sommes revenues avec notre cruche. Tant son bonheur de l'emporter chez nous était réel et fort, maman parut en oublier quelques moments le départ tout proche de l'Italienne.

Pourtant, le jour où un taxi vint prendre Lisa, maman, debout sur notre galerie, la regardait partir, et quand, au bout de notre rue, la poussière eut retombé, quand il n'y en eut plus qu'une fine trace comme de pas éloignés, maman, la main levée vers cette si légère trace dorée, maman nous dit :

— Aujourd'hui, c'est le soleil de l'Italie qui s'en va de notre rue !...

WILHELM

Mon premier cavalier venait de Hollande, il s'appelait Wilhelm, il avait les dents trop régulières ; il était beaucoup plus âgé que moi ; il avait un long visage triste... Du moins est-ce ainsi que me le firent voir les autres quand ils m'apprirent à regarder ses défauts. Moi, au début, je trouvais son visage pensif plutôt que long et trop mince. Je ne savais pas encore que ses dents si droites et régulières étaient fausses. Je croyais aimer Wilhelm. C'était le premier homme qui par moi pouvait être heureux ou malheureux ; ce fut une bien grave aventure.

Je l'avais rencontré chez nos amis O'Neill qui habitaient toujours, non loin de chez nous, leur grande maison à gâble de la rue Desmeurons. Wilhelm était leur pensionnaire, car il y a bien du curieux dans la vie : ainsi ce grand garçon triste était chimiste au service d'une petite manufacture de peinture qu'il y avait alors dans notre ville et, comme je l'ai dit, il logeait chez des gens également déracinés, les O'Neill autrefois du pays de Cork, en Irlande. C'était venir de loin pour faire comme tout le monde en somme : gagner sa vie, tâcher de se faire des amis, apprendre notre langue, et puis, dans le cas de Wilhelm, aimer quelqu'un qui n'était pas pour lui. Est-ce que l'aventure tourne si souvent au banal ? Mais évidemment, dans ce temps-là, je ne le pensais pas.

Le soir, chez les O'Neill, nous faisions de la musique. Kathleen jouait *Mother Machree* tandis que sa mère, assise sur un canapé, s'essuyait les yeux, tâchait aussi d'éviter notre attention, de la détourner d'elle-même, car elle n'aimait pas qu'on la crût à ce point remuée par les chants irlandais. Élizabeth, malgré la musique, n'en piochait pas moins tout le temps ses problèmes d'arithmétique ; elle se fichait encore des hommes. Mais Kathleen et moi nous nous en souciions. Nous avions grand-peur de rester pour compte, peur de ne pas être aimées et de ne pas aimer d'un grand amour absolument unique.

Quand Mrs. O'Neill me le demandait, « *to relieve the atmosphere* » comme elle disait, je jouais le *Menuet* de Paderewski ; ensuite Wilhelm nous faisait entendre du Massenet sur un violon qui était de prix. Après, il me montrait dans un album des vues de son pays ; aussi la maison de son père et celle de son oncle, associé de son père. Je pense qu'il tenait à me faire savoir que sa famille était plus fortunée qu'on n'aurait pu le croire en la jugeant d'après lui-même, je veux dire sur ce qu'il avait dû s'expatrier et venir habiter notre petite ville. Mais il n'avait pas à craindre que je me forme une opinion d'après de sottes apparences sociales : je voulais ne juger les gens que selon leurs braves qualités personnelles. Wilhelm m'expliquait comment Ruysdael avait vraiment très bien rendu le plein ciel triste des Pays-Bas ; et il me demandait si je pensais que j'aimerais la Hollande, assez pour vouloir un jour la visiter. Et je disais que oui, que j'aimerais bien voir les canaux et les champs de tulipes.

Alors il fit venir pour moi de la Hollande une boîte de chocolats dont chacun était une petite fiole qui renfermait une liqueur.

Mais un soir il eut la malencontreuse idée de me reconduire jusque devant notre maison, bien que ce fût à deux pas et qu'il ne fît pas encore tout à fait noir. Il était chevaleresque : il prétendait qu'un homme ne doit pas laisser une femme rentrer toute seule chez ses parents, même si cette femme hier encore jouait au cerceau ou à marcher sur des échasses.

Hélas ! dès qu'il eut tourné le dos, maman me dit de mon cavalier :

— Qui est ce grand escogriffe ?

Je lui dis que c'était Wilhelm de Hollande, et tout ce qui en était : la boîte de chocolats, les champs de tulipes, le ciel émouvant du pays de Wilhelm, les moulins à vent... Or, tout cela était bien, honorable !... Mais pourquoi, malgré ce que je pensais des apparences, me suis-je crue obligée de parler aussi de l'oncle et du père associés dans une petite entreprise qui... qui... rapportait beaucoup d'argent ?...

Alors ma mère me défendit d'aller chez les O'Neill tant, fit-elle, que l'idée de Wilhelm ne m'aurait pas passé.

Mais Wilhelm était fin. Un ou deux jours par semaine, il finissait tôt son travail ; ces jours-là, il venait m'attendre à la sortie du couvent. Il prenait mon gros paquet de livres — Dieu que les Sœurs en ce temps-là nous donnaient de devoirs ! — mes cahiers de musique, mon métronome, et il me portait toutes ces affaires jusqu'au coin de notre rue. Là il abaissait vers moi ses grands yeux bleus et tristes et il me disait :

— Quand tu seras plus grande, je t'emmènerai à l'opéra, au théâtre.

J'avais encore deux années de couvent devant moi ; je trouvais désespérément lointains l'opéra, le théâtre. Wilhelm me disait qu'il avait hâte de me voir en robe longue, qu'alors il sortirait enfin de son enveloppe contre les mites son habit du soir et que nous irions en cérémonie entendre de la musique symphonique.

Ma mère finit par apprendre que Wilhelm avait l'audace de porter mes livres, et elle fut très fâchée de cela. Elle me défendit de le voir.

— Mais, ai-je dit à maman, je ne peux tout de même pas l'empêcher de marcher sur le trottoir à côté de moi. N'importe qui a le droit de marcher sur le trottoir.

Ma mère trancha la difficulté :

— S'il prend le même trottoir que toi, tu entends, change aussitôt de trottoir.

Mais elle avait dû envoyer un mot de réprimande à Wilhelm et lui préciser comme à moi quel trottoir prendre, car je ne le vis plus que de l'autre côté de la rue, qui restait campé longtemps pour me voir passer. Il gardait son chapeau à la main pendant que je passais. Les autres petites filles devaient être horriblement envieuses de moi : elles riaient de voir Wilhelm se découvrir sur mon passage. J'avais quand même la mort dans l'âme de voir Wilhelm si seul et exposé aux railleries. C'était un immigrant, et papa m'avait dit cent fois qu'on ne saurait avoir trop de sympathie, trop d'égards envers les déracinés qui ont bien assez à souffrir de leur dépaysement sans qu'on y ajoute par le mépris ou le dédain. Pourquoi donc papa avait-il si complètement changé de vue et en voulait-il plus encore que maman à Wilhelm de Hollande ? Personne chez nous, il est vrai, depuis le mariage de Georgianna, ne regardait l'amour d'un bon œil. Peut-être que tous ensemble nous avions déjà eu trop à en souffrir. Mais moi, je n'en avais pas encore assez souffert, il faut croire...

Et puis, comme je l'ai dit : Wilhelm était fin. Maman lui avait défendu de me parler dans la rue, mais elle avait oublié les lettres. Wilhelm avait fait de grands progrès en anglais. Il m'envoya de très belles lettres qui commençaient par : « *My own beloved child...* » Ou bien : « *Sweet little maid...* » Pour ne pas être dépassée, je répondais : « *My own dearest heart...* » Ma mère trouva un jour dans ma chambre un brouillon où j'exerçais ma calligraphie et dans lequel j'exprimais à Wilhelm une passion que ni le temps ni les cruels obstacles ne fléchiraient... Si ma mère avait regardé dans le livre de Tennyson, ouvert sur ma table, elle aurait reconnu tout le passage en question, mais elle était bien trop en colère pour entendre raison. Défense me fut faite d'écrire à Wilhelm, de lire ses lettres si par miracle l'une d'elles parvenait à franchir le barrage que maman érigeait, défense même de penser à lui. Il me fut seulement permis de prier pour lui, si j'y tenais.

Jusque-là j'avais pensé que l'amour devait être franc et limpide, chéri de tous et faisant la paix entre les êtres. Or, que se passait-il ? Maman devenait comme une espionne, occupée à fouiller ma corbeille à papier ; et moi, parfois, je pensais d'elle qu'elle était bien la dernière personne au monde à me comprendre ! Était-ce donc là ce qu'accomplissait l'amour ! Et où étaient nos belles relations franches, entre maman et moi ! Vient-il toujours une mauvaise époque entre une mère et sa fille ? Est-ce l'amour qui l'amène ?... Et qu'est-ce, qu'est-ce que l'amour ?... Est-ce son prochain ? Ou quelqu'un de riche, de séduisant ?

En ce temps-là, Wilhelm, ne pouvant faire autre chose pour moi, m'envoya beaucoup de cadeaux, et je n'en ai rien su alors, car aussitôt qu'ils arrivaient, maman les lui retournait : des partitions de musique, des bulbes de tulipes venus d'Amsterdam, un petit col de dentelle de Bruges, d'autres chocolats parfumés.

Il ne nous resta plus pour communiquer l'un avec l'autre que le téléphone. Maman n'y avait pas pensé. Évidemment, elle ne pouvait penser à tout : l'amour est si fin ! Du reste, dans son temps d'amour, le téléphone n'existait pas, et c'est ainsi, j'imagine, que maman oublia de me l'interdire. Wilhelm appelait souvent notre numéro. Si ce n'était pas moi qui répondais, il raccrochait doucement. Et bien des fois alors maman se plaignit : « Qu'est-ce qui se passe ?... Je vais adresser une lettre à la compagnie ; à tout bout de champ, je suis dérangée pour rien ; au bout de la ligne, c'est tout juste si j'entends un soupir. » Elle ne pouvait pas prévoir, bien sûr, jusqu'où atteignait la ténacité d'un Wilhelm.

Mais si c'était moi qui répondais, Wilhelm n'en était guère plus avancé. Il ne pouvait y avoir entre nous de véritable conversation sans nous exposer à trahir notre secret et à être privés ainsi du téléphone. Par ailleurs, nous n'avions de goût ni l'un ni l'autre pour des feintes ; Gervais en usait quand il avait au bout du fil sa petite amie de cœur, à qui il s'adressait comme si elle eût été un garçon du collège. Mais Wilhelm et moi, sans condamner Gervais — car l'amour est l'amour, et, contrarié, il est encore plus digne ! — nous nous appliquions à être nobles en toutes choses. Aussi Wilhelm me murmurait-il seulement, de très loin : « *Dear heart !...* » Après quoi, il restait silencieux. Et j'écoutais son silence une minute ou deux en rougissant jusqu'au front.

Un jour, pourtant, il découvrit un admirable moyen pour me faire entendre son cœur. Comme je disais : Allô, sa voix me pria de rester à l'écoute ; puis je distinguai comme un bruit de violon qu'on accorde, ensuite les premières mesures de *Thaïs*... Wilhelm me joua tout le morceau au téléphone. Kathleen devait l'accompagner. J'entendais des accords de piano, assez éloignés, et je ne sais pourquoi, cela m'agaça un peu, peut-être de penser que Kathleen était dans un si beau secret. Mais c'était la première fois que Wilhelm m'agaçait un peu.

Notre téléphone était fixé au mur, au bout d'un petit couloir sombre ; au début, personne ne s'étonna de me voir passer là des heures, immobile et dans le plus complet silence. On ne s'aperçut que petit à petit, chez nous, qu'au téléphone je gardais le silence. Et dès lors, quand j'allais écouter *Thaïs,* la porte du couloir s'entrouvrait légèrement ; quelqu'un s'y cachait pour m'épier, faire signe aux autres de venir un par un me voir. Gervais fut le pire, et c'était bien méchant de sa part, puisque j'avais respecté son secret. Il se donna des prétextes pour emprunter le couloir ; en passant, il cherchait à écouter ce que je pouvais entendre. Mais d'abord, je tins l'écouteur fermement pressé à mon oreille. Puis je dus commencer déjà de trouver *Thaïs* bien long à entendre. Un soir, je permis à Gervais d'écouter un moment la musique de Wilhelm ; j'espérais peut-être qu'il aurait assez d'enthousiasme pour me faire à moi-même admirer le morceau. Mais Gervais pouffa de rire ; je le vis ensuite faire le fou devant les autres, au fond de la salle, jouer d'un violon imaginaire. Même maman rit un peu, quoique voulant rester fâchée. Avec un long visage triste qu'il mit sur ses propres traits, je ne sais comment, Gervais imitait assez bien Wilhelm en le déformant. J'eus un peu l'envie de rire. Car c'est un fait qu'il est assez comique de voir quelqu'un de triste jouer du violon...

Au fond, il est étonnant que tous ensemble ils n'aient pas songé plus tôt à me détourner de Wilhelm par la manière qu'ils employèrent avec tant de succès, à partir de ce soir-là.

Toute la journée, sur mon passage, quelqu'un sifflait l'air de *Thaïs.*

Mon frère exagérait grossièrement la démarche un peu solennelle du Hollandais, son regard qui se portait haut. Ils lui trouvèrent un air de pasteur protestant, tout sec, disaient-ils, et en train de préparer un sermon. Maman ajouta que le « Néerlandais » avait le visage aussi mince qu'une lame de couteau. C'est ainsi qu'ils le désignaient maintenant : le Néerlandais ou le Hollandais. Ma sœur Odette, je veux dire Sœur Édouard, qui avait été mise au courant et qui se mêlait de l'affaire, quoiqu'elle eût renoncé au monde, ma pieuse Odette elle-même me disait d'oublier l'Étranger... qu'un étranger est un étranger...

Un soir, en écoutant *Thaïs,* je pensai que j'avais l'air sotte ainsi plantée, l'écouteur à la main. Je raccrochai avant la fin du morceau.

Après, Wilhelm ne se montra plus guère sur mon chemin.

Un an plus tard peut-être, nous apprîmes qu'il rentrait en Hollande.

Ma mère redevint la personne juste et charitable d'avant Wilhelm, que j'avais tant aimée. Mon père n'eut plus rien contre la Hollande. Maman avoua que Mrs. O'Neill lui avait dit de Wilhelm qu'il était le meilleur garçon du monde, sérieux, travailleur, très doux... Et maman espérait que Wilhelm, dans son propre pays, parmi les siens, serait aimé... comme, disait-elle, il le méritait...

LES BIJOUX

Je devais avoir une quinzaine d'années peut-être, lorsque, du jour au lendemain, je devins amoureuse folle des bijoux. Pendant le temps que cette passion m'a tenue, jamais je n'en eus assez pour me satisfaire ; je ne pense pas que la qualité ait compté beaucoup alors à mes yeux ; j'étais trop avide de tout ce qui brillait, et je n'avais pas assez d'argent pour porter mes désirs vers ce qu'il y avait de plus beau. Woolworth de Winnipeg me suffisait. C'est là qu'un jour m'a prise cette folie, comme j'essayais à mon cou un collier qui avait le poids et faisait le bruit d'une chaîne...

J'eus des bracelets qui imitaient l'onyx, d'autres l'or ou le diamant ; ceux-ci comportaient des centaines de petits brillants ; j'ai eu aussi des serpents enroulés autour du poignet, des araignées-broches, des chevaux montés sur des épingles, des petits chiens, des chats aux yeux fermés, d'autres animaux domestiques et sans doute aussi des animaux repoussants ; des singes certainement ; et puis de pauvres papillons de fausse nacre aux dures ailes de verre. J'épinglais parfois presque toutes ces pièces ensemble sur ma poitrine, et je n'arrivais pas à décider laquelle me plaisait ; le bijou manquant à ma collection toujours me paraissait le plus désirable. Alors j'étais saisie d'une sorte d'énervement : n'était-il donc pas possible, ne serait-il jamais possible d'avoir enfin tout ce qu'il me fallait ? J'ai été malheureuse en ce temps-là.

Un jour, de mon frère Robert, de passage parmi nous, et qui me choyait beaucoup, je reçus un dollar, et je courus à mon palais des tentations. Jamais encore je n'avais eu tout un dollar à dépenser à la fois pour la parure. L'importance de la somme en ouvrant le champ à mes désirs me rendit très indécise. J'inclinai d'abord vers une série de tortues-épingles ; puis me tentèrent des bracelets lourds comme des menottes ; ensuite, j'eus envie de perles fausses. En cas de doute, je résolvais habituellement la question en m'achetant le bijou le plus orné ; ainsi croyais-je ne pas faire d'erreur ! Mais ce jour, si je me souviens bien, mon indécision m'entraîna dans un autre magasin pour y faire le tour douloureux de toutes les possibilités offertes. Je ne m'avançai guère plus loin que le rayon des cosmétiques situé près de l'entrée, émerveillée déjà par le scintillement des fines bouteilles de parfum, des pots roses ou laiteux, des minces fioles en pâte transparente, mais je fus plus encore saisie d'admiration pour la vendeuse de ce comptoir, une femme mûre, un peu fanée, qui montrait sur son propre visage les vertus mélancoliques de tous ces produits.

Elle devait avoir le double de mon âge, peut-être même beaucoup plus, des paupières bleuies, de lourds cheveux noirs dans lesquels était piqué un peigne espagnol, des sourcils refaits, un visage insensible ; et aussi, sur son visage, quelque chose de savant, d'invulnérable, comme si la vie ne pouvait plus lui faire du mal : quelque chose en tout cas qui me tenta fort, car j'ai désiré ressembler à cette femme comme je n'ai guère souhaité après ressembler à qui que ce soit. Pour elle, ce fut jeu d'enfants, en me regardant comme si déjà elle voyait poindre ma vieillesse, de me la faire redouter, et elle prit sans difficulté mon dollar en échange d'un pot de crème grand comme un dé.

Alors, à force de supplications, je décidai ma pauvre maman à m'acheter des souliers à talons hauts ; j'eus bien de la peine à apprendre à me tenir debout sur ces échasses, bien plus encore à marcher ainsi exhaussée. Mais j'aurais enduré de pires supplices encore... pour l'amour de moi-même. Seule dans ma chambre, je mettais les souliers ; je pendais à mon cou un long collier de verre multicolore dont je faisais sept ou huit tours ; parfois c'était un autre collier fait d'amulettes, de bouts de bois bruni, de croissants et de lunes ; à mes bras, je glissais le serpent, le faux onyx, la fausse corne, les faux rubis ; à mes oreilles, je pendais des lézards. À ma ceinture et dans mes cheveux, je plaçais des brillants. Parmi les effets d'une de mes sœurs, j'avais trouvé du fard, du rouge à lèvres.

Je me fis un jour une bouche sanglante, des joues fiévreuses. Tout
cela accompli, je m'asseyais par terre, en tailleur, devant un
bouddha où je me brûlais à moi-même de l'encens. On mettait des
feuilles parfumées dans le corps du bouddha ; puis on rabattait la
tête qui formait couvercle ; la fumée et l'odeur s'échappaient des
narines du petit bonhomme replet — et sarcastique tel qu'il m'apparaît maintenant. D'où m'était venu le goût de l'associer, lui, le
ventru, à mon inquiétude, à ma quête folle ? Il me regardait ; je le
regardais. J'avais besoin d'un témoin et il me paraissait impossible
de me montrer aux personnes vivantes telle que je devenais. Si mon
père m'eût surprise ainsi affublée, il aurait certes fait une épouvantable colère. Maman, plus sage, plus patiente, devait espérer me
voir bientôt guérie de cette maladie. Elle me réprimandait affectueu-
sement : « Tu étais bien mieux avant, simple et naturelle, toi-
même !... » Mais peut-être n'ignorait-elle pas qu'être soi-même est
justement la chose la plus difficile. Elle me laissait faire. Du reste,
comment aurais-je su alors qui j'étais ! Cette fille méconnaissable à
mes propres yeux, que je voyais dans ma glace, à laquelle je demandais conseil, de qui j'attendais mille surprises, cette fille énigma-
tique, chaque jour plus folle, n'était-elle pas pour l'instant la plus
hardie, la plus vraie des divers moi-même ?

Donc, accroupie par terre, un peu dans la posture de mon
bouddha, j'étouffais presque dans la fumée qu'il me jetait au visage.
Les paupières mi-closes, des bijoux dans mes cheveux, des bagues
aux doigts, je surveillais mes pauvres songes ; non sans quelque
ennui sans doute, j'attendais de moi quelque autre invention à
satisfaire.

Un jour, sachant mon père sorti, je descendis sur mes hauts
talons, en me tenant à la rampe de l'escalier. Puis je m'élançai
hardiment, d'une singulière démarche, me montrer aux miens. Je
m'étais exercée à faire tinter à la fois tous mes bracelets, et je parus,
scintillante des pieds à la tête, le visage hautain, comme absent. Tout
le monde éclata de rire. Mon frère Robert, qui adorait me voir faire
des folies, et qui m'y encourageait par curiosité, mon frère mit la
main dans sa poche et tira un autre dollar.

— Tiens, me dit-il, il doit certainement manquer quelque bijou à ta collection. Prends ; voilà de quoi te parer un peu mieux...

Mais maman soupira tristement :

— Pourquoi flattes-tu un si cruel penchant, Robert ?...

Remontant vers ma chambre, je les entendis converser à mon sujet.

— Toute femme, disait maman, a dans le fond d'elle-même une pauvre petite âme païenne, et il me semble que vous autres, les hommes, c'est bien souvent cette païenne que vous adorez...

— Bien sûr, fit Robert en riant.

— Celle qui se joue de vous, celle qui se prépare à mille jeux durs et impitoyables, oui, c'est celle-là que vous encouragez. Au fond, il n'y a pas d'égalité entre les hommes et les femmes. Les belles vertus : la loyauté, la franchise, la droiture, l'admirable simplicité, vous les revendiquez pour vous, alors que vous prisez les femmes pour leurs détours, leurs caprices. C'est très mal, d'abord pour vous-mêmes qui êtes les premiers à en souffrir, et pour les femmes que vous vous plaisez, on dirait, à maintenir dans un état d'enfance rusée. Oh ! quand donc, fit maman, les mêmes qualités seront-elles bonnes pour tous !...

Je continuai vers ma chambre, songeuse et oubliant de faire balancer ma jupe comme je l'avais appris tant bien que mal. Je retrouvai mon bouddha fumant, un gros petit homme laid, répugnant au fond. Je me rassis comme auparavant, les jambes repliées sous moi, mon regard se cherchant dans la glace... mais mon âme païenne n'avait plus rien à m'offrir. Quoi, était-ce donc là tout ce qu'elle attendait de moi : voler un peu de fard, me peindre la bouche, m'entourer d'un petit cliquetis maussade, pour ensuite me laisser bâillante, oisive et déçue ! Et comment avais-je pu être cette sauvage, cette enfant, cette esclave !

Tout à coup, j'arrachai de mes bras l'onyx, le serpent enroulé, les brillants dont la moitié manquait déjà dans la pauvre sertissure. Je les jetai au plus profond de ma corbeille ; là aussi s'en fut le bouddha, complice peut-être — mais peut-être aussi indulgent censeur. Je versai dans le lavabo le reste de mes parfums. Tout à coup, oui, je voulus l'égalité sur terre, et j'ai tant frotté mes joues au savon qu'elles brûlèrent.

Sans doute ne pouvais-je encore faire mieux que d'aller d'un extrême à l'autre : je lissai et relissai mes cheveux dans l'intention d'y décourager à jamais les ondulations naturelles. Et puis je me suis précipitée à genoux ; j'ai fait pénitence. Mais mon âme était encore comme folle : n'exigeait-elle pas, sur-le-champ, que je parte pour l'Afrique soigner les lépreux !

LA VOIX DES ÉTANGS

Dans les étangs non loin de chez nous, un soir, vers le mois d'avril, commençait une sorte de musique aiguë, vibrante, d'une tristesse douce pourtant, qui durait presque tout l'été, pour ne cesser que lorsque l'eau des étangs avait été bue toute par le soleil ou par la terre.

Les petites chanteuses, des centaines de grenouilles, étaient invisibles. Sortant de l'hiver, de leur engourdissement, de la vase, retrouvaient-elles cette mince voix éclatante pour se parler, se saluer d'un marais à l'autre ? Ou bien ne revivaient-elles, n'échappaient-elles au fond gluant que pour remuer nos cœurs un temps par une musique étrange ? D'abord isolées, éparses, les voix finissaient par s'accorder et ne formaient plus bientôt qu'un long cri continu. Je l'entends encore qui vrillait par chez nous les nuits de printemps ; jamais je n'ai entendu appel plus fort vers l'enfance, vers ses joies un peu sauvages.

J'allais encore souvent dans mon grenier, même quand je fus une élève studieuse, même quand je fus un peu plus âgée et au bord de ce qu'on appelle la jeunesse. Qu'allais-je faire là-haut ? J'avais seize ans, peut-être, le soir où j'y montai comme pour me chercher moi-même. Que serais-je plus tard ?... Que ferais-je de ma vie ?... Oui, voilà les questions que je commençais à me poser. Sans doute pensais-je que le temps était venu de prendre des décisions au sujet de mon avenir, au sujet de cette inconnue de moi-même que je serais un jour.

Et voici que ce soir-là, comme je me penchais par la petite fenêtre du grenier et vers le cri des étangs proches, m'apparurent, si l'on peut dire qu'ils apparaissent, ces immenses pays sombres que le temps ouvre devant nous. Oui, tel était le pays qui s'ouvrait devant moi, immense, rien qu'à moi et cependant tout entier à découvrir.

Les grenouilles avaient enflé leurs voix jusqu'à en faire, ce soir-là, un cri de détresse, un cri triomphal aussi... comme s'il annonçait un départ. J'ai vu alors, non pas ce que je deviendrais plus tard, mais qu'il me fallait me mettre en route pour le devenir. Il me semblait que j'étais à la fois dans le grenier et, tout au loin, dans la solitude de l'avenir ; et que, de là-bas, si loin engagée, je me montrais à moi-même le chemin, je m'appelais et me disais : « Oui, viens, c'est par ici qu'il faut passer... »

Ainsi, j'ai eu l'idée d'écrire. Quoi et pourquoi, je n'en savais rien. J'écrirais. C'était comme un amour soudain qui, d'un coup, enchaîne un cœur ; c'était vraiment un fait aussi simple, aussi naïf que l'amour. N'ayant rien encore à dire... je voulais avoir quelque chose à dire...

M'y suis-je essayée sur-le-champ ? À cet ordre baroque, ai-je tout de suite obéi ? Un doux vent de printemps remuait mes cheveux, les mille voix des grenouilles emplissaient la nuit, et je voulais écrire comme on sent le besoin d'aimer, d'être aimé. C'était vague encore, bienfaisant, un peu triste aussi. Tout autour de moi étaient les livres de mon enfance, que j'avais ici même lus et relus dans un rayon dansant de poussière, tombé de la haute lucarne comme un trait du soleil. Et le bonheur que les livres m'avaient donné, je voulais le rendre. J'avais été l'enfant qui lit en cachette de tous, et à présent je voulais être moi-même ce livre chéri, cette vie des pages entre les mains d'un être anonyme, femme, enfant, compagnon que je retiendrais à moi quelques heures. Y a-t-il possession qui vaille celle-ci ? Y a-t-il un silence plus amical, une entente plus parfaite ?

Or, cette autre moi-même qui dans l'avenir m'invitait à l'atteindre, cette autre moi-même, ô douceur de l'ignorance ! était vêtue comme je l'étais ce soir d'un blouson de serge bleu marine à grand col matelot, elle avait le même jeune visage un peu pensif, appuyé au creux d'une main, elle n'avait pas vieilli.

Ma mère, un soir, vint me trouver dans cette pièce basse de plafond d'où je ne descendais plus, fascinée par les mille bruits de la nuit que j'apprenais à distinguer les uns des autres, fascinée, à ne plus rien oser, par l'ampleur, le mystère de la tâche que je m'étais donnée, ou que j'avais acceptée. Le chant des étangs faiblissait ; à présent, détachées les unes des autres, les petites voix se cherchaient, avaient l'air de se répondre, ou de se séparer, peut-être...

Maman me dit :

— Pourquoi t'enfermes-tu toujours ici ? Ce n'est pas de ton âge. Va jouer au tennis ou rejoindre tes amies. Te voilà toute pâle. C'est pourtant maintenant le plus beau temps de ta vie. Pourquoi n'en profites-tu pas mieux ?

Alors j'ai gravement annoncé à maman ce qu'il en était : que je devais écrire... Et est-ce qu'il ne fallait pas pour cela venir au grenier, écouter longtemps, longtemps, les voix qui se croisent... et tant de choses qu'il faut démêler ?

Maman eut l'air tracassée. C'était pourtant sa faute si j'aimais mieux la fiction que les jours quotidiens. Elle m'avait enseigné le pouvoir des images, la merveille d'une chose révélée par un mot juste et tout l'amour que peut contenir une simple et belle phrase.

— Écrire, me dit-elle tristement, c'est dur. Ce doit être ce qu'il y a de plus exigeant au monde... pour que ce soit vrai, tu comprends ! N'est-ce pas se partager en deux, pour ainsi dire : un qui tâche de vivre, l'autre qui regarde, qui juge...

Elle me dit encore :

— D'abord, il faut le don ; si on ne l'a pas, c'est un crève-cœur ; mais, si on l'a, c'est peut-être également terrible... Car on dit le don, mais peut-être faudrait-il dire : le commandement. Et c'est un don bien étrange, continua maman, pas tout à fait humain. Je pense que les autres ne le pardonnent jamais. Ce don, c'est un peu comme une malchance qui éloigne les autres, qui nous sépare de presque tous...

Comment maman pouvait-elle dire si juste ? À mesure qu'elle parlait, ce qu'elle disait je le sentais vrai, et déjà comme enduré.

Maman avait les yeux au loin, et elle était si attentive à me bien protéger, à me défendre, qu'ils se remplirent de chagrin.

— Écrire, me dit-elle, est-ce que ce n'est pas en définitive être loin des autres... être toute seule, pauvre enfant !

Les grenouilles reprirent, après un peu de pluie, leur chant d'ennui si prenant. Je pense qu'on doit s'ennuyer longtemps d'avance du long chemin à faire, du visage définitif que nous donnera la vie. La curiosité de nous connaître, peut-être est-ce là ce qui nous tire le mieux en avant...

— Les mots parfois arrivent aussi à être vrais, ai-je dit à maman. Et sans les mots, y aurait-il une seule vérité dont on puisse dire : c'est ainsi, c'est vrai !

Alors maman a eu un geste si désolé, si impuissant.

Elle a dit en s'en allant :

— L'avenir est une chose terrible. C'est toujours un peu une défaite.

Elle m'a laissée à la nuit, au grenier solitaire, à l'immense tristesse du pays noir.

Mais j'espérais encore que je pourrais tout avoir : et la vie chaude et vraie comme un abri — intolérable aussi parfois de vérité dure — et aussi le temps de capter son retentissement au fond de l'âme ; le temps de marcher et le temps de m'arrêter pour comprendre ; le temps de m'isoler un peu sur la route et puis de rattraper les autres, de les rejoindre et de crier joyeusement : « Me voici, et voici ce que j'ai trouvé en route pour vous !... M'avez-vous attendue ?... Ne m'attendez-vous pas ?... Oh ! attendez-moi donc !... »

LA TEMPÊTE

L'hiver, au Manitoba, à la chère belle ferme de mon oncle, est-ce que nous dormions, à seize ans, les veilles de fêtes, lorsque le soleil en s'éteignant avait pris couleur inquiétante ? Nous nous éveillions maintes fois pour écouter, d'une oreille méfiante, si le vent ne grondait pas trop fort au-dessus du toit, et, pour un moment, nous nous rendormions en tirant jusqu'au menton la bonne couverture de laine.

Or, ce matin de la fête, nous avons vu en nous levant que la neige tombée la veille se tenait coite ; elle adhérait au sol, dormant sur place, comme un gros chat tranquille les pattes en manchon. Un peu de soleil faisait luire les mille clignements d'œil de cette bête assoupie. Et nous avons pensé, ma cousine Rita, ses deux frères, Philippe et Adrien, et moi qui me trouvais en vacances chez eux, que rien ne pourrait nous empêcher d'aller au rendez-vous de toute une jeunesse des environs, chez ces amis de mes cousins, les Guérin que je ne connaissais pas, mais ce seraient des gens aimables !... Comme j'étais prête à les aimer ces inconnus chez qui nous allions accourir par douze milles d'affreux chemin !

Nous avions décidé de partir vers quatre heures de l'après-midi, nous accordant deux heures pour l'aller, car nous devions y être pour le souper. Quant au retour, est-ce que nous nous en inquiétions ! Il se ferait sans doute aux petites heures de la nuit suivante, par un froid glacial. N'importe ! Ce qui comptait c'était de partir, et nous nous sommes pris par la main, mes cousins et moi, et nous avons dansé à travers la maison en chantant à tue-tête. Ma pauvre tante, bien malade alors, nous a priés de contenir un peu notre bonheur, tout au moins de n'en pas faire tant de bruit.

Vers deux heures, le ciel s'éteignit presque. De la maison de mon oncle Nicolas, bâtie au fond d'un petit bois, nous ne distinguions plus que les premiers trembles qui s'approchaient tout près de la galerie, petits arbres levant des branches noires dans un jour qui, peu à peu, comme une brume, avalait le geste des arbres, puis les arbres eux-mêmes ; bientôt, nous aurions pu nous croire habitant non plus une maison des bois mais de n'importe où, en pays inconnu, une maison de montagne peut-être, tant elle devenait seule !... Et la neige commença de s'étirer à partir du sol, puis de voler, de monter, de remplir l'atmosphère. Mais mon cousin Philippe en riant dit qu'il connaissait si parfaitement le chemin pour aller chez les Guérin qu'il faudrait plus que cette poudrerie pour l'empêcher de nous y conduire.

Alors, il fut question de l'équipage que nous prendrions. Il y avait, chez mon oncle, pour voyager l'hiver, plusieurs moyens, et d'abord la vieille Ford avec ses toiles latérales garnies de petits carrés en mica, mais on s'en servait peu, car les chasse-neige n'existaient pas en ces temps-là pour ouvrir les routes ; ensuite, les longs traîneaux à plusieurs places, le *cutter*, un traîneau beaucoup plus petit, très bas sur ses patins, qui filait comme un nuage, mais il ne pouvait nous contenir tous à l'aise ; enfin, il y avait la cabane.

C'est elle que nous décidâmes de prendre vu que le froid augmentait.

Oh, la bonne cabane de ces temps-là !

C'était une espèce de très petite maison, un peu plus haute que large, avec une porte en arrière, une fente en avant pour y passer les rênes et, au-dessus de celle-ci, un panneau vitré. À l'intérieur, deux banquettes étaient disposées, soit face à face, soit transversalement sur la largeur de la cabane. Quelquefois, on y mettait un petit poêle dont le tuyau débouchait par une ouverture au plafond, pour l'échappement de la fumée. Et rien n'était plus joli, certes, en ce temps-là, que de voir s'avancer à travers la campagne glacée ces petites maisons fumantes que l'on savait pleines d'un monde encapuchonné venant de loin jusque chez nous ! Celle de mon oncle, toutefois, était sans poêle, depuis qu'un cahot de la route ayant un jour jeté par terre les tisons et tout, le feu avait chassé dehors les occupants exposés à mourir de froid.

Mais qu'elle était tout de même confortable, notre cabane en bonnes planches de sapin, tapissée à l'intérieur d'un gros papier brun, avec ses deux bancs rembourrés ! Bien sûr, elle avait des inconvénients, dont le principal pour nous était de ne pas aller assez vite ; car, menée à trop vive allure, haute et mal assurée sur ses patins, elle pouvait verser ; et puis, elle nous barattait si bien que nous en sortions tout meurtris. Mais cette joie d'y être ensemble pêle-mêle !

Vers trois heures et demie, croyant devancer la tempête, nous nous empilâmes en riant sous nos chaudes peaux de bison, des briques chauffées à nos pieds.

Mon oncle était de mauvaise humeur. Oublieux du temps où il courait les danses à vingt milles à la ronde, il grommela que nous ferions mieux de rester au chaud par une journée comme celle-ci ; qu'en tout cas, s'il nous fallait absolument partir, du moins devrions-nous prendre un traîneau plutôt que cette cabane de laquelle nous ne verrions ni les tournants, ni aucun repère de la route...

Mais Philippe tira les rênes, et la cabane partit. Et nous voici jetés les uns contre les autres, riant, nous dégageant, retombant nez contre nez. Nous voyagions pourtant en terrain plat, mais cette roulotte tanguait si bien à chaque petite butte, à chaque motte de neige, qu'elle nous procurait l'illusion, charmante dans nos plaines droites, de nous tirer par de hauts chemins de montagne.

Mon cousin Philippe distingua un peu la ligne des bois tant que nous fûmes dans le petit chemin de la ferme, mais, au débouché sur le chemin municipal, il n'y avait plus rien pour nous guider, car les bois s'étaient éloignés de la route et nous n'en voyions plus rien. Du reste, le petit panneau vitré était devenu tout opaque de givre. Et puis, qu'aurions-nous pu voir du dehors !

Une lueur très faible, d'une vague couleur de café au lait, toucha quelque temps encore le panneau vitré, puis cette minime indication du jour s'assombrit elle-même. À quatre heures à peine nous étions plongés dans l'obscurité.

Alors nous avons allumé un fanal que nous avons essayé de pendre à son crochet au plafond. Mais les soubresauts menaçaient à tout instant de le faire choir sur nos têtes, et on finit par le tenir à la main, chacun à son tour. Bientôt, nous avisant que cette lueur, selon l'angle qu'on lui donnait, déformait, changeait nos visages, nous nous sommes amusés à balancer le fanal, à le déplacer pour mieux rire des effets inattendus que nous en obtenions.

Cependant le froid augmentait ; chacun mit ses moufles et nous serrâmes autour du cou nos grosses écharpes de laine.

Philippe, l'œil collé au panneau, renonça à essayer de voir quelque chose au dehors. Il laissa les rênes flotter, disant que les chevaux d'eux-mêmes iraient certainement jusqu'à la fourche des quatre chemins ; là, au croisement, nous trouverions la ligne du téléphone ; on n'aurait plus qu'à la suivre, de poteau en poteau, jusque chez les Guérin... jeu d'enfants !

Et nous commençâmes, nous quatre, à raconter un peu ce que nous ferions plus tard une fois affranchis, tout à fait libres. Philippe de dire qu'il aurait un très grand restaurant avec orchestre de jazz — idée saugrenue à laquelle du reste il ne donna jamais suite ! Adrien, lui, déjà un peu âpre et fielleux — mais aussi moins beau que Philippe — semblait envier, désirer le bonheur des autres plutôt que d'en imaginer un à son goût ; et il laissa entendre que, s'il avait ceci, s'il avait cela, il saurait en tirer parti. Rita, finement rêveuse, disait qu'elle ne se marierait jamais... parce que les garçons étaient trop bêtes... Et moi, blottie contre ma cousine Rita que j'aimais tant, charmée à cette heure par mes trois jeunes cousins, la chaleur de notre amitié me devenant aussi sensible que celle de leur corps, je leur proposai :

— Si nous choisissions plutôt de mourir ensemble avant de devenir vieux, laids, bougons ! Rien de plus facile ! Nous n'aurions qu'à partir à pied dans la tempête.

Ma cousine eut un petit frisson, et elle dit que nous avions bien le temps de vivre encore un peu avant d'être laids, d'être bougons... que du moins nous irions d'abord à la fête, n'est-ce pas ?...

À ce moment, la cabane donna quelques grands coups comme si elle attaquait une rude pente, puis elle s'arrêta.

Nous avons cessé de rire. Était-ce à cause de mon souhait, de la pensée qui nous vint que ma tante était très malade ? Chacun de nous regarda l'autre avec anxiété, comme pour chercher un démenti aux idées que nous avions eues. Mais nous montrions tous le même visage tendu, l'haleine coupée.

Philippe ouvrit la porte, et la tempête sauta sur nous à l'intérieur de la cabane comme un démon.

Au dehors, Philippe cria : « Venez voir... si vous y comprenez quelque chose !... »

Nous sortîmes un à un, pliés contre le vent, étouffés et presque aveuglés par sa violence. En aiguilles de feu, la neige piqua nos yeux. Mais eussions-nous pu malgré tout les tenir ouverts, qu'aurions-nous pu voir ? Rien n'appartient mieux au vent que la neige si docile, si malléable ! Et cette fine poussière gonflée, voici que le vent la tenait toute dans l'air. Oh ! les beaux jeux du noir et du blanc confondus !

L'exaltation que m'a toujours donnée la tempête était trop forte pour que le sentiment du danger pût avoir de prise sur moi. Debout près de la cabane, j'écoutais le vent, d'abord préoccupée de saisir ce qu'il disait, de définir ses grands coups de cymbale, ensuite sa pauvre plainte longuement étirée. Comment, sans autre instrument que lui-même, le vent produisait-il une telle variété de sons, un orchestre complet parfois d'éclats de rire et de douleur ! Longtemps plus tard, quand il me fut donné d'entendre les cris des Walkyries, je me dis que c'était bien la musique du vent entendue autrefois, lorsqu'il chevauchait mille chevaux de neige au Manitoba.

Philippe, un peu plus âgé que nous, devint soucieux.

— Où pouvons-nous être ?... En tout cas, restons bien ensemble ; si nous nous perdions de vue même une seconde... alors !...

Puis il dit à son frère :

— Viens m'aider à gratter la neige. Nous avons dû quitter la route. Je pense que nous devons être dans un labour. Si nous le trouvons sous la neige, ce sera toujours cela d'appris...

À deux pas de lui, j'entendis à peine le son de sa voix.

Alors le vent s'est mis à pleurer d'une manière si douloureuse, si absurde que, tout à coup, j'ai pensé au bel Archange jeté dans les ténèbres, il s'appelait ainsi avant. Et j'ai cru fermement : le vent, c'est Lucifer à qui une nuit ou deux par hiver appartient le Manitoba !

Mes deux cousins, grelottant de froid, cherchaient à reconnaître la configuration du sol ; ils dirent qu'ils croyaient toucher sous la neige de gros bourrelets qui pouvaient indiquer un champ labouré. Mais qu'est-ce que cela nous apprenait ? N'y avait-il pas à chaque ferme, près ou loin, des champs labourés ?

— Tout le monde, dit Adrien d'une voix pessimiste, laboure à l'automne...

Sa voix se perdit comme il s'éloignait de quelques pas. Soudain, je fus saisie par des bras, je fus attirée par une forme humaine aussi vague que la mienne ; des lèvres se collèrent aux miennes, humides de neige. À la jeune moustache, je sus que c'était Philippe dont le cœur battait contre le mien. Longtemps, dans le vent qui cherchait furieusement à nous arracher l'un à l'autre, il me garda ainsi contre son cœur. Mais les autres s'approchant, il me laissa aller. Quand il parla, sa voix me parut avoir vieilli, devenue en quelques minutes aussi grave que celle d'un homme :

— Remettons-nous en route. Les chevaux d'eux-mêmes nous ramèneront peut-être au chemin.

Empilés de nouveau dans la cabane à présent froide comme une tombe, allant là où les chevaux le voulaient, pendant près d'une heure et maintenant silencieux, nous avons voyagé. Et, encore une fois, ce furent ce drôle de heurt, ces deux ou trois grands coups, puis l'arrêt !

Nous avions très froid. Nos épaules en tremblaient. Nous sommes ressortis de la cabane en une petite file, chacun tenant bien serrée la queue du manteau de l'autre. Et nous nous sommes appliqués à distinguer derrière la tempête quelque aspect de la réalité. Je gardai les yeux ouverts malgré la neige ; elle était comme une flamme, transperçant les prunelles. Cependant, tout ce qui n'était pas offert à sa brûlure, les pieds, le dos, les mains, gelait. Alors j'ai découvert comme une vague et lugubre forme qui ressemblait à quelque terrifiante maison perdue, jamais habitée, jamais éclairée, un affreux spectre d'habitation.

Nous avons marché vers la terrible maison noire et, après une douzaine de pas, nous l'atteignîmes de nos mains tendues. Qu'est-ce que cela pouvait être ?... Sous nos doigts, c'était mouillé, ni solide, ni résistant... Puis un grand éclat de rire nous a délivrés : ce que nous avions approché avec tant de crainte, contourné, ce n'était qu'un grand tas de paille.

Mais des tas de paille aussi, il y en avait partout, dans chaque ferme. Que déduire de la forme de celui-ci ?

— Ce pourrait être aux Labossière... chez les Frenette... au Français... à l'Écossais... à n'importe qui, énuméra Philippe. Repartons. Ce qui est important, c'est de ne pas nous laisser geler.

Avant de rentrer dans la cabane, j'allai, me guidant le long de leurs flancs qui fumaient, jusqu'à la tête de nos chevaux. Oh ! leurs pauvres yeux ! La vapeur sortant de leurs naseaux avait gelé sur leurs paupières ; lourdes de glace, elles ne pouvaient plus s'ouvrir. Soufflant sur leur tête, réchauffant à notre haleine nos mains que nous appliquions ensuite sur cette glace, peu à peu nous avons délivré leurs yeux vivants, à peine étonnés, qui papillotèrent en nous retrouvant de leur regard... Et en route encore une fois !

Longtemps nos chevaux marchèrent, comme plus sûrs d'eux-mêmes, appuyant leur tête l'une contre l'autre, pour s'encourager sans doute. Nous avions sommeil, et Philippe à tout moment nous secouait : « Il ne faut pas dormir, disait-il, mais lutter contre le froid... » Et ce fut le plus dur de cette nuit !

Plus tard, quand, de nouveau arrêtés, nous avons revu l'étrange et sinistre habitation noire au fond de la neige, nous n'en avons pas eu peur. Mais était-ce la meule de paille déjà approchée, ou une autre ?

— Ce doit être la même, dit Philippe. Dans la tempête, les chevaux tournent en rond.

Alors une sorte de désespoir atteignit Adrien.

— Nous allons toujours et toujours revenir à ce tas de paille, se plaignit-il. C'est fatal.

Et il parla d'un fermier qui, l'hiver dernier, ou était-ce deux ans auparavant, s'était égaré par une nuit pareille, en se rendant de sa maison à ses bâtiments.

— Tais-toi, lui commanda Philippe.

Mais le gaffeur cita un autre puis un autre exemple tragique.

— Restons ici.

— Où pouvons-nous être ?...

— À combien de milles ?...

Nos pensées n'étaient plus que des interrogations.

Et tout à coup j'ai crié avec angoisse : « Rita ! Rita ! Rita ! » parce que, depuis une demi-minute peut-être, je n'avais pas entendu sa voix mêlée aux autres. Alors, de bien loin, une voix me répondit : « Je suis ici... » et en même temps la main de ma cousine toucha la mienne. De joie, nous nous sommes embrassées avec des gestes d'aveugles.

C'est peu après que, sur une vague de neige, j'ai cru voir une lueur jaillir, mais aussitôt elle avait disparu, et je doutai de mes yeux. Cependant, j'en parlai aux autres :

— Là-bas, si loin, il me semble avoir vu une lumière

Tous les quatre, rapprochés, nous avons longtemps scruté cette houle de neige.

Et encore une fois, comme le feu d'un navire que l'on perçoit quand une haute vague le ramène des gouffres, j'ai revu la pâle lueur. Adrien aussi l'avait aperçue, ayant, par quel prodige, scruté en même temps que moi le même point infiniment petit de cet infini sans horizon.

Il cria :

— Oui, oui, oui, c'est vrai : il y a là-bas une lumière !

Nous avons marché, tirant nos chevaux par la bride, vers cette lumière que nous n'avons plus revue ensemble, mais à tour de rôle. Au bout de cinq minutes, la lumière m'apparut un peu plus certaine, mieux saisissable. Presque au même instant, je heurtai un arbre.

— Des arbres !... par ici !... dit Philippe étonné, réfléchissant, puis comme rassuré.

Immédiatement surgit une grande forme d'habitation, encore très imprécise, très lointaine.

— La maison a l'air carrée, dit Rita, toute réjouie.

— Toutes les maisons par ici, grogna Adrien, sont carrées...

Puis il cessa de grogner, se hâta, en sifflant un peu.

Quelques pas encore, et nous eûmes contourné le côté obscur de la maison carrée. Nos chevaux tentèrent de nous échapper. Une fenêtre éclairée s'encadra dans la nuit. Et enfin, nous avons vu la lampe à sa place sur une tablette, puis, non loin, la face de la vieille pendule qu'un reflet éclairait ; la berceuse aussi, et, sans doute, la chatte endormie sur un coussin ; chaque chose à sa place !

Élevant une lampe à la hauteur de ses yeux, mon oncle parut sur le seuil. Son visage disait le contentement de nous voir revenus et l'étonnement de nous découvrir si peu chagrinés.

— Entrez, entrez, bande de jeunes fous ! Je me disais bien aussi que vous rebrousseriez chemin... La sagesse vous est donc enfin venue, pauvres petits fous !...

LE JOUR ET LA NUIT

Mon père, si triste et absent tout le jour, vers la nuit commençait à revivre un peu. On aurait dit que le soleil en déclinant, la lumière du jour en s'en allant le délivraient d'une vérité affreuse qu'il portait sans cesse devant ses yeux. Était-ce donc qu'il revoyait tout le temps ce jour où rentrant d'un voyage dans ses colonies et passant par son bureau à Winnipeg y prendre son courrier il avait trouvé cette lettre pour lui : « ... En raison de quoi... nous vous demandons de bien vouloir offrir votre démission... reconnaissons la valeur de vos services, le dévouement de votre vie aux colons dont plusieurs ont témoigné en votre faveur... Mais des considérations autres... la loi nouvelle sur l'âge de la retraite... » Dès la première lecture, mon père, je le pense, a dû connaître cette lettre par cœur et peut-être n'arrivait-il jamais à en chasser les mots de son esprit. Il eut quelques jours de révolte où, poussé par ma mère et par des amis, il tenta de faire appel au gouvernement ; mais il n'avait plus assez de confiance en lui-même pour entreprendre les visites, les plaidoyers auxquels il aurait fallu consentir. Et peut-être recula-t-il surtout devant l'idée monstrueuse pour lui d'avoir à faire valoir ses mérites, sa vie. Car, dès cette lettre, non seulement il n'eut plus confiance en ce qu'il était, en ce qu'il pouvait, mais il perdit jusqu'au sentiment d'avoir jamais été utile. Toutes les belles choses accomplies lui furent en quelque sorte enlevées par cette lettre, et il continua à vivre en portant chaque jour sur ses épaules la croix de cette défaite. Heureusement, la nuit lui était douce encore. Quand elle venait, si simple et parfumée dans notre rue, mon père l'accueillait comme une visite. Le bien-être n'était-il que physique ? Ou cette heure sur son âme avait-elle encore assez d'emprise pour y ressusciter l'espoir du bonheur ? Quoi qu'il en soit, le phénomène était si connu de chacun de nous que, pour solliciter quelque

235

permission de mon père, nous attendions, comme maman le conseillait : « ... qu'il fît noir... »

Mais maman était une créature du jour. Je n'ai jamais vu personne aussi impatient de se lever le matin, de sortir l'été, aux premiers rayons du soleil, pour soigner ses fleurs qui étaient pleines de santé comme maman elle-même. Elle supportait très mal que nous restions tard au lit et, si son bon cœur lui interdisait de faire du bruit de peur de nous éveiller, bientôt sa vitalité l'emportait sur les précautions — ou peut-être était-ce son désir inconscient de nous faire lever qui l'amenait à secouer ses casseroles. Même l'hiver, elle se levait très tôt pour faire les feux, à présent que mon père était si malade, pour mettre le porridge à bouillir ; puis, par des froids rigoureux, à travers le noir, maman trottait à la première messe. La maison, quand nous nous levions, était déjà chaude, en branle, toute dégourdie de son sommeil. Oui, maman se livrait à une activité débordante tant que l'accompagnait, la soutenait la clarté ; mais dès que la lumière tombait, maman d'un coup perdait tout son entrain ; elle bâillait ; elle n'avait jamais son âge que le soir à la clarté dure de l'électricité. Elle me faisait penser à ces fleurs si vivantes le jour et qui la nuit pendent, lamentables. Et vers dix heures, si nous n'attendions pas de visite, s'il n'y avait rien d'extraordinaire pour ranimer maman tout ensommeillée, elle nous disait :

— Eh bien, je vais aller me coucher ; je tombe. — Et elle nous enjoignait : — Tâchez de ne pas veiller jusqu'à des heures impossibles.

C'était une de ses idées que pour être en bonne santé, il faut se coucher tôt, se lever tôt ; que la lumière électrique abîmait les yeux.

Mais papa à cette heure commençait tout juste à revivre. Oh ! il s'aidait beaucoup avec du café qu'il faisait lui-même, très fort, du reste très bon, au contraire de celui de maman, trop dilué. Ainsi, ce soir-là, tout en surveillant sur le poêle son café dont l'arôme se répandait, papa leva le regard vers maman.

— Déjà !

Il restait aussi étonné de voir maman monter se coucher à dix heures qu'elle l'était de le voir dormir presque tout le jour.

Maman se leva pour nous quitter. Et, bien qu'il y eût trente-six ans qu'elle vécût avec mon père et qu'elle dût savoir que les recommandations, les reproches étaient sans effet sur lui, maman, ce soir-là comme tous les soirs, dit à mon père :

— Vraiment, Édouard, je ne te comprends pas : prendre du café à dix heures ! D'ailleurs, ce n'est pas du café : c'est de l'essence de café. Est-ce étonnant après cela que tu t'agites, que tu sois malade et ne puisses pas dormir ? Tu changes le jour pour la nuit.

Mon père ne répondit pas à ce vieux reproche. Le jour, peut-être aurait-il riposté avec une certaine aigreur. Mais à cette heure il devenait indulgent, quoiqu'il s'entêtât de plus en plus à faire à sa guise : ce soulagement que lui apportait la nuit lui était trop précieux pour qu'il pût y renoncer. Sans doute était-il prêt, s'il le fallait, à le payer de ce qui lui restait de santé, de vie. Parfois, en regardant mon père, déjà je me disais : « Ce n'est pas tellement à la vie qu'il tient, que beaucoup de gens tiennent peut-être, mais à certains petits moments rares de la vie... »

— Eh bien, va, dit-il à maman. Puisque tu peux, toi, dormir à l'heure des poules. Je ne sais pas comment tu fais... Va dormir, pauvre maman !

Car, à présent qu'il était très vieux, elle de beaucoup plus jeune que lui, il l'appelait comme nous tous : maman.

Mais ce soir ma mère parut se résoudre plus mal que jamais à laisser mon père n'en faire qu'à sa tête. Une lassitude terrible se peignit sur son visage, comme si elle n'en pouvait vraiment plus de le voir si peu ménager sa santé, se hâter, on aurait dit, vers sa fin. Elle dut faire un violent effort sur elle-même pour rentrer un dernier reproche, une dernière prière : elle commença de s'en aller, les bras ballants. J'ai vu, jeune, combien il est désespérant d'avoir raison contre ceux qu'on aime.

De la main, maman m'adressa un petit signe qui voulait dire : « Ne t'attarde pas trop. Toi, au moins, suis mon exemple... » Et peut-être par ce pauvre petit geste me demandait-elle de rester son alliée.

237

J'hésitais moi-même entre le jour et la nuit. J'éprouvais comme maman, si je m'étais couchée tôt, si j'avais bien dormi, une hâte joyeuse à mettre le pied hors du lit, à courir à ma fenêtre ouverte ; je tenais d'elle ce sentiment de la possession des choses qui pour tant d'êtres se produit le matin ; le monde m'apparaissait alors comme à son commencement. C'était une ardoise fraîche où écrire ma vie. Je me levais avec des résolutions en tête : donner cent coups de brosse à mes cheveux, mettre un col frais à mon uniforme de couvent, revoir mes leçons... Par ailleurs, si je veillais un peu tard, si j'arrivais à surmonter les premiers assauts du sommeil, alors j'atteignais une sorte de surexcitation bien différente du beau calme matinal, mais combien merveilleuse ! Le matin me semblait être le temps de la logique ; la nuit, de quelque chose de plus vrai peut-être que la logique... En tout cas, j'avais beaucoup plus que mon âge, vers le soir : une indulgence au-delà de mon expérience. J'avais remarqué que les mots, les phrases de mes compositions me venaient assez bien le matin ; mais la pensée elle-même — ou plutôt ce halo qui l'entoure alors qu'elle est encore informe et précieuse — je la ressentais la nuit. J'étais partagée entre ces deux côtés de ma nature qui me venaient de mes parents divisés par le jour et la nuit.

Je demeurai ce soir-là, ainsi qu'Agnès, quelque temps encore avec papa. Pour que nous restions près de lui, il se livrait à une sorte de chantage si visible... D'abord il nous offrait de son café noir et aussi du pain grillé qu'il faisait rôtir au bout d'une fourchette à long manche sur les braises. Et si, par ces timides avances, nous étions retenues de nous dépêcher ailleurs, alors, parfois, il arrivait que mon père se mît à parler — et le plein effet du café suscitait en lui comme une effervescence de lucidité, des mots précis, imagés et très justes. Les rares fois où il m'a parlé de sa vie, ce fut en de telles occasions, presque dans l'obscurité, au coin du poêle tout juste tiède.

Une fois, il m'avait entraînée dans la petite pièce où se trouvaient son vieux pupitre à cylindre et ses cartes murales des pays de colonisation. Comme elles étaient très détaillées, très agrandies, un seul coin de la Saskatchewan couvrait tout un mur. Mon père, ce soir-là, en déroula une et me montra où il avait jadis établi une centaine de Mennonites. Il disait : « Mes gens, mes colons. » Et aussi : « Mes immigrants », en accentuant le possessif, en sorte que ce mot : immigrant, plutôt que de signifier des étrangers, prenait une curieuse valeur de parenté. « Ici, disait-il, je leur ai trouvé une épaisse terre noire, le vrai *gumbo*, la terre par excellence, et elle leur a donné soixante minots à l'acre. » Il tira le cordon d'une autre carte et, du doigt, m'indiqua l'emplacement d'un hameau galicien par lui fondé. Je tiens ma passion des cartes géographiques du temps où mon père m'y faisait voir de basses petites maisons dans la plaine, un nouveau feu et lieu dans l'espace... peut-être même jusqu'aux gens, dans leur intérieur, groupés autour de leur table. Une fois au moins, mon père s'exalta à revivre, face à la carte, ses longs voyages d'autrefois — et peut-être en oublia-t-il, quelques minutes, la lettre : « ... avoir à vous remplacer par un homme plus jeune... nécessaire d'appliquer des méthodes plus modernes... » ; cette lettre qui exposait tant de raisons, pour ne pas avoir à donner la seule véritable et qui pourtant eût été la moins malfaisante : « Votre poste, nous devons le donner à un homme du bon parti politique... ce n'est pas un serviteur du pays qu'il nous faut, mais un serviteur nous... »

Dans ce petit bureau de mon père il y avait également un grand portrait en pied de Sir Wilfrid Laurier. Il représentait l'homme d'État dans une attitude qui devait lui être habituelle, durant ses discours : le haut front levé, comme éclairé par une pensée qui venait de surgir, la main droite ouverte, tendue pour présenter l'évidence, les cheveux longs, souples et blancs, flottant en arrière, comme au vent. Et papa me dit de Laurier : « Quoi qu'on dise jamais de lui, rappelle-toi que cet homme a travaillé à unir les Canadiens, jamais à les désunir — et c'est le plus bel éloge qu'on puisse faire d'un homme lorsqu'il est vaincu, abattu, lorsqu'il est mort. »

Ah ! si j'avais su davantage veiller la nuit, j'aurais bien mieux connu mon père ! Mais je m'échappais alors que mon attention un peu plus patiente l'eût délivré du silence.

La dernière fois où il nous parla, ce fut, il me semble, à propos de Verigin.

— Les Doukhobors, raconta mon père, croyaient que Verigin, leur chef, était le Christ réincarné, qu'ils ne pourraient jamais se tromper en écoutant ses paroles. Les pauvres gens ! Ensorcelés à ce point par Verigin, ils ne voyaient pas ses défauts ; ou plutôt, les voyant, ils croyaient qu'à lui, à leur petit père Verigin, tout était permis, puisqu'il était d'essence divine... Car on n'impute pas le mal à Dieu ! Verigin pouvait donc obtenir d'eux les pénitences les plus rudes, l'abstinence, la continence, alors que lui-même !... Je l'ai vu quelquefois : il était vêtu somptueusement, bien nourri, entouré de jeunes filles. Il ne voyageait qu'escorté de très jeunes filles en blanc, parées de fleurs. Oh ! nous avons longtemps été trompés par lui ; il jouait un jeu double, prétendant soumettre ses gens aux lois du pays, travailler de concert avec le gouvernement d'Ottawa, alors que de plus en plus il poussait ses adeptes vers une mystique folle. J'aurais aimé le connaître davantage, saisir la part du démon peut-être dans cette curieuse nature, comprendre la sombre satisfaction qu'il a pu éprouver à obtenir des autres plus que de lui-même...

Là-dessus Agnès se plaignit :

— Mon Dieu, papa, qu'il est tard ! Et demain il faut que j'aide maman au grand ménage...

Elle aimait pourtant plus que toute autre entendre papa réciter le pays, le passé, et elle aimait le voir oublier ses malheurs. Mais, si délicate de santé, veiller tard la nuit la tuait, et elle tenait à ménager ses forces pour assister maman le plus possible. Peu à peu, dans la maison, d'elle-même et presque joyeusement, elle avait pris une petite place très utile, peu bruyante, terne... celle de Marthe, pour ainsi dire. Elle avait dû lutter longtemps ce soir contre la fatigue et les maux de tête qui lui étaient familiers.

— Papa, onze heures et demie !

Mon père tira sa grosse montre de son gousset.

— Mais non, Agnèze, seulement onze heures.

— Vous savez bien, papa, que nous avons pris l'heure de l'église, quand l'angélus a sonné.

— Quelquefois, dit papa, ils sont en avance même à l'église.

Mais il était clair que son exaltation était gâchée par toutes ces remarques sur l'heure. Il regarda Agnès d'un air soucieux.

— C'est vrai, dit-il, tu es toute pâle, le visage tiré. Tu tombes, toi aussi, Agnèze.

Elle alla le baiser au front, et s'éloigna en s'appuyant aux meubles, tant elle était lasse.

Nous restâmes seuls, papa et moi, dans la faible clarté du poêle. Même par les nuits d'été, il le gardait, comme il disait, « vivotant », car, bien souvent, le feu n'était-il pas son unique compagnon ! Il m'offrit de son café.

— Pour une fois, dit-il, une petite tasse ; je ne pense pas que ça te fera du mal.

Et il s'illusionnait si bien, il pliait si bien la vérité à son usage qu'il me dit avec un grand sérieux :

— Je n'ai jamais trouvé que le café empêchait de dormir ; tout juste aide-t-il à se souvenir mieux, à grouper les impressions, à retrouver aussi quelquefois des saveurs, des noms ; peut-être une âme plus jeune...

J'acceptai une tasse qu'il m'apporta fumante au coin de la table où j'avais posé les coudes. Mes yeux malgré moi se fermaient. Avec un peu de remords je pensais à mes devoirs non finis, aux examens qui approchaient. Je bus un peu de café.

— Pour toi, je l'ai dilué, dit mon père, ce qui est mauvais, car le café ne supporte pas d'être baptisé. Ta mère, fit-il, devrait en boire ; ça lui permettrait de veiller un peu...

— Mais maman est levée à cinq heures du matin, papa !

— Oui, dit-il, c'est une chose que je n'ai jamais comprise, que dès les premières lueurs du jour ta mère soit saisie d'un tel besoin de remuer.

Je n'avais jamais entendu papa s'exprimer sur ce ton presque taquin, plaisant. Dans cette douceur obscure de la cuisine, toutes les portes fermées, il allait et venait, les mains au dos, souple, rempli de projets. Quand il revint vers moi, à une lueur plus vive du feu je saisis l'éclat de ses yeux ; je les vis comme débordants de confiance. Mais aussi, j'aperçus son dos voûté, les lignes terribles que la vie avait creusées dans son visage. Sans doute est-ce à ce moment que j'ai pensé : « Mais papa est un homme fini ! »

Lui m'a demandé tout à coup :

—Petite, que penserais-tu d'une idée que j'ai ? Ta mère n'a pas confiance dans mes idées. Mais, après tout, même à soixante-douze ans, on peut encore être utile... modérément...

Il s'assit près de moi comme pour établir que j'étais devenue une adulte à ses yeux ; et j'eus l'impression d'avoir à mon côté un enfant, un triste enfant indocile.

—J'ai encore un peu, très peu d'argent, me confia mon père, un petit reste du vieux gagné. Si j'achetais un commerce, un magasin d'épicerie, ne penses-tu pas que cela rapporterait ? On se relayerait au comptoir ; j'y serais moi-même le plus souvent. Je pense, dit-il, avoir des aptitudes au négoce...

C'était si invraisemblable : papa en commerçant, lui que les gens à présent faisaient fuir, lui que l'on devait soigner tout le jour, qui ne pouvait presque plus remuer après ses nuits blanches ! Vers six heures seulement, son exaltation tombée, il dormait enfin, parfois, comme dans un abîme, sa terrible défaite écrite dans les plis de sa bouche entrouverte, dans son visage ravagé.

Il continua à m'entretenir de ses projets :

—Si je n'ai que six mois à vivre, mieux vaut étirer le plus possible nos économies ; mais si j'en ai encore pour quelques années, ne serait-il pas sage d'investir le peu d'argent qu'il nous reste ? Dans la culture des champignons par exemple ?...

Je ne suivais presque plus son discours. Le café au lieu de me stimuler, tant j'avais sommeil, m'avait davantage appesantie.

—Papa, il est passé minuit !

—Minuit, fit-il, et il ajouta, lui qui trouvait les années interminables : Doux ! que le temps passe !...

—Demain, lui dis-je, j'ai un cours que je n'ai pas encore revu... sur l'histoire contemporaine.

—Eh oui ! l'histoire contemporaine, fit-il avec mélancolie. C'est vrai : tu es encore à l'école, toi !

Il eut l'air effroyablement malheureux de constater une chose si ordinaire, et de penser peut-être à l'âge qu'il avait.

— On ne devrait pas avoir d'enfants lorsqu'on est âgé, me dit-il, la tête penchée. On peut partir de ce monde sans les connaître, sans savoir grand-chose à leur sujet ; c'est là une perte navrante...

Il me demanda tout à coup :

— Ne pourrais-tu pas veiller encore une heure avec moi ?

Sur le moment, je n'ai saisi que le sens de sa prière, assez déraisonnable. Plus tard seulement, les mots exacts me sont revenus à l'esprit... Et les examens à passer bientôt, le succès scolaire à obtenir, les bons points, mon avenir si l'on veut — j'en avais un à préparer, comme on dit — oui, ce dut être mon avenir qui s'interposa en ce moment entre mon père et moi. Je lui ai dit :

— Papa, il serait plus sage de vous coucher plutôt que de veiller toute la nuit. On ne peut rien faire de bien le jour si on n'a pas bien dormi.

— Tu parles comme ta mère, a-t-il dit.

Mais il prit pitié de moi :

— Pauvre enfant ! Tu dors debout... Eh bien ! va, va te reposer.

Mais il m'accusa tout aussitôt avec une sorte d'amertume :

— Vous êtes tous comme elle, au fond. Même toi. Elle vous a tous à elle... la maman !...

Piquée de loyauté envers maman, j'ai répliqué.

— Vous ne voudriez pourtant pas que l'on fasse comme vous !

— Oh non ! a-t-il convenu tout de suite... bien sûr que non !

Et je l'ai vu entrer, les yeux grands ouverts, dans sa folie de solitude.

Il s'est servi une autre tasse de café noir. J'ai pensé comme maman : « Il n'y a rien à faire ; il veut son propre malheur. » Je suis montée me mettre au lit. Peut-être a-t-il marché toute la nuit. C'était ainsi quand on l'abandonnait ; le long du passage en bas et à travers la cuisine, il marchait. Il en oubliait même de garder le feu vivant. Quelquefois, m'éveillant la nuit, j'entendais ce pas régulier, monotone, le pas d'un homme livré à une pensée trop active, peut-être à une de ces illusions qui font s'en aller les hommes dans le désert...

Le lendemain, il ne put se lever de toute la journée. Il était entièrement épuisé. Il ne parla pas beaucoup des grandes souffrances qu'il commençait de supporter ; et peut-être en subissait-il les attaques depuis longtemps déjà. Sans gémir, mais avec son entêtement habituel, il se prit à dire : « Vrai, je n'en peux plus ! Donnez-moi quelque chose pour briser un peu la douleur. Je suis trop vieux pour pouvoir la supporter encore... » On dut lui donner de la morphine.

Son foie était complètement détérioré. Il demanda du café une ou deux fois encore, vers l'heure où il avait coutume d'en boire, et le docteur dit à maman :

— Au point où il en est !

Mais le café aussi, en dernier lieu, trahit sa confiance, et ne lui apporta que des nausées.

Maman le veillait. Mais elle était tellement le contraire de la nuit que, malgré son inquiétude, malgré sa détresse auprès de mon père inerte, elle penchait un peu la tête et, comme un enfant, elle glissait un petit moment dans le havre du sommeil... jusqu'à ce que l'angoisse l'eût ressaisie.

Mon père mourut à l'heure qui lui était la plus cruelle, quand le soleil se lève sur la terre.

GAGNER MA VIE...

I

Un soir, dans ma petite pièce du grenier que j'avais passée au lait de chaux, qui était blanche mais folle aussi, encombrée de choses disparates et telle que je pensais la vouloir, dans mon refuge maman arriva essoufflée d'avoir monté vite les deux escaliers. D'un coup d'œil elle chercha où s'asseoir, car je professais que les chaises sont banales et je n'avais que des coussins par terre. Je jouais à l'artiste, ignorant encore que l'écrivain est l'être le plus indépendant — ou le plus solitaire ! — et qu'il pourrait aussi bien écrire au désert, si toutefois dans le désert il éprouvait encore le besoin de communiquer avec ses semblables. En tout cas, je m'ingéniais à me créer une atmosphère et maman était décontenancée chaque fois qu'elle pénétrait dans ce qu'elle nommait mon « abracadabra ». Mais était-ce étonnant ? Je me décontenançais moi-même tous les jours, en ce temps-là. Maman, très mal à l'aise sur un petit banc, aborda tout de suite le sujet qui l'amenait :

— Christine, me dit-elle, as-tu songé à ce que tu vas faire dans la vie ? Te voilà dans ta dernière année d'école. As-tu réfléchi ?

— Mais, je te l'ai dit, maman : je voudrais écrire...

— Je te parle sérieusement, Christine. Il va te falloir choisir un emploi. — Sa bouche trembla un peu. — Gagner ta vie...

Certes, j'avais entendu l'expression bien des fois déjà, mais il ne m'avait pas semblé qu'elle pût jamais me concerner tout à fait.

247

C'est ce soir-là qu'elle me voua à la solitude. Gagner sa vie ! Comme cela m'apparaissait mesquin, intéressé, avare ! La vie devait-elle se gagner ? Ne valait-il pas mieux la donner une seule fois, dans un bel élan ?... Ou même la perdre ? Ou encore la jouer, la risquer... que sais-je ! Mais la gagner petitement, d'un jour à l'autre !... Ce fut, ce soir-là, exactement comme si on m'avait dit : « Par le seul fait que tu vis, tu dois payer. »

Je pense n'avoir jamais fait découverte plus désolante ; toute la vie assujettie à l'argent ; tout travail, tout songe évalué en vue d'un rendement.

— Oh, je gagnerai peut-être ma vie à écrire... un peu plus tard... avant longtemps...

— Pauvre enfant ! a dit ma mère, et, après un silence, après un soupir, elle a continué : Attends d'abord d'avoir vécu ! Tu auras bien le temps, va. Mais en attendant, pour vivre, que comptes-tu faire ?...

Puis elle m'avoua :

— Presque tout le vieux gagné que ton père nous a laissé est mangé. J'y ai bien fait attention ; mais nous allons bientôt en voir la fin.

Alors les infinis calculs, la dure partie qui avait été celle de maman, je les ai vus ; mille souvenirs m'ont prise à la gorge : maman ravaudant tard dans une mauvaise lumière, tout occupée à ménager l'argent, nous envoyant coucher tôt pour pouvoir baisser le feu. « Couché, on sent moins le froid... » Et je revis cent occasions où j'aurais pu l'aider, tandis qu'elle m'envoyait étudier une sonate. Elle me disait : « Tu me fais bien plus plaisir, va, en étant la première de ta classe qu'en m'aidant à la vaisselle. » Et une fois où j'avais insisté pour prendre sa place à la lessiveuse à bras, elle m'avait dit : « Si tu tiens vraiment à me soulager, va, pendant que je continue, me jouer le *Moment musical*. C'est curieux comme ce morceau agit sur moi ; si gai, si enlevé, il m'ôte toute fatigue. »

Oui, il en avait été ainsi. Mais, ce soir, je passai d'un extrême à l'autre. Je désirai ardemment gagner de l'argent. À cause de maman, je pense avoir même décidé que j'en ferais beaucoup.

— Dès demain, lui ai-je annoncé, je vais me chercher du travail. N'importe quoi ! Dans un magasin, un bureau...

— Toi, dans un magasin ! a-t-elle dit... D'ailleurs, il faut une certaine expérience pour être vendeuse. Non, il ne s'agit pas de gagner ta vie dès demain et de n'importe quelle façon. Je peux te maintenir un an encore aux études.

Et elle me confia ce qu'elle désirait pour moi de toute son âme :

— Si tu voulais, Christine, devenir institutrice !... Il n'y a pas d'occupation plus belle, plus digne, il me semble, pour une femme...

Maman avait souhaité faire de toutes ses filles des maîtresses d'école — peut-être parce qu'elle portait en elle-même, parmi tant de rêves sacrifiés, cette vocation manquée.

— Mais ce n'est guère payant !

— Oh ! ne parle pas ainsi. Estime-t-on sa vie à ce que l'on gagne ?

— Puisqu'il faut la gagner, autant la marchander au meilleur prix...

— La gagner, mais non pas la vendre, dit maman ; c'est tout autre chose. Réfléchis, Christine. Rien ne me ferait plus plaisir que de te voir institutrice. Et tu y excellerais ! Réfléchis bien.

Quand on se connaît mal encore soi-même, pourquoi ne tâcherait-on pas de réaliser le rêve que ceux qui nous aiment font à notre usage ! J'ai terminé mon année d'École normale, puis je suis partie prendre ma première classe dans un petit village de nos Prairies. C'était un tout petit village par terre, je veux dire vraiment à plat dans les plaines, et presque entièrement rouge, de ce sombre rouge terne des gares de chemin de fer dans l'Ouest. Sans doute le CNR avait-il envoyé de la peinture pour peindre la gare et les petites dépendances du chemin de fer : la baraque aux outils, la citerne à eau, quelques wagons désaffectés qui servaient de logement au chef du secteur et à ses hommes. Il en était resté que les villageois avaient eue à bon marché, peut-être pour rien, et ils en avaient tous peint leurs murs ; du moins c'est ce que j'ai imaginé en arrivant dans le village. Même l'élévateur à blé était rouge, même la maison où j'allais habiter, recouverte de tôles dont plusieurs battaient au vent.

Il n'y avait que l'école qui eût de l'individualité, toute blanche. Et ce village rouge, il s'appelait, il s'appelle encore : Cardinal.

La dame chez qui j'allais loger dit en me voyant :

— Hein ! C'est pas vous la maîtresse d'école ! Oh non, ce n'est pas possible !

Elle ajusta ses lunettes pour mieux me voir.

— Mais ils ne vont faire qu'une bouchée de vous !

Cette première nuit que je passai à Cardinal, le vent n'arrêta pas de secouer les tôles disjointes de la maison, isolée au commencement du village... mais, il est vrai, accompagnée de deux petits arbres tristes, comme elle secoués par le vent. C'étaient presque les seuls arbres du village ; ils me devinrent très précieux ; et, plus tard, j'eus beaucoup de peine quand l'un d'eux fut tué par le gel.

Mais, ce premier soir, le vent m'a parlé bien cruellement. Pourquoi le village était-il si atrocement rouge ? Était-ce la couleur de son ennui terrible ? Les uns m'avaient avertie : « C'est un village de haine, tout le monde hait quelqu'un ou quelque chose... » Oui, mais dans tout village de par chez nous, même rouge, même si seul dans la nudité de la plaine, il y a toujours autre chose que de la haine !...

Le lendemain, j'ai traversé tout le village ; en vérité, ce n'était qu'une longue rue, et celle-ci n'était vraiment que la route municipale, une large route de terre ; et le village était si peu de chose, et silencieux, qu'elle le traversait à la même allure que les espaces. Je pense qu'à chaque fenêtre il y avait quelqu'un pour m'épier. Derrière leurs rideaux, est-ce qu'ils pouvaient savoir ce que c'est de s'engager un bon matin sur un trottoir en bois où chaque pas résonne, pour aller, tout à l'autre bout du village méfiant, gagner sa vie !

Mais puisque j'avais accepté le marché, je voulais que ce fût un engagement loyal. « Tu me donnes tant en salaire, moi je te donne tant d'heures de travail... » Non, ce n'était pas ainsi que je voulais engager l'affaire avec le village. Je lui donnerais tout ce que je pourrais. Et lui, que me donnerait-il en échange ? Je l'ignorais, mais je lui faisais confiance.

II

Il n'y eut pas beaucoup d'enfants, ce premier jour de classe : presque uniquement des petits. Tout a bien marché. J'ai commencé par la géographie ; c'était ce que j'avais moi-même le mieux aimé durant mes années scolaires. Il me semble que cela va tout seul, la géographie, qu'il n'y a pas moyen de se tromper en enseignant cette matière si intéressante à cause des grandes cartes peut-être, des couleurs différentes pour chaque pays. Et puis ce n'est pas comme l'histoire. Dans la géographie, on n'a pas à juger les peuples ; il n'est pas question de guerres ; on n'a pas à prendre parti. J'ai parlé des cultures dans les divers coins du monde, d'où viennent le sorgho, le tapioca, les bananes, les oranges, le sucre, la mélasse... Les enfants ont eu l'air très heureux d'apprendre d'où proviennent les choses que justement ils aimaient le mieux manger. Et je leur ai dit qu'eux aussi en un sens travaillaient au bonheur des autres, puisque notre blé canadien était connu presque partout dans le monde, et très nécessaire à la vie.

Quand je suis revenue, vers midi, dans la maison en tôle rouge, Mme Toupin m'a questionnée avidement :

— Alors ? Ils ne vous ont pas dévorée ?

Dans la suite, Mme Toupin est devenue mon amie, d'une manière un peu étrange ; comme c'était ce qu'elle faisait le mieux au monde, tous les jours elle me tirait les cartes. Elle m'a prédit que je voyagerais beaucoup, que je rencontrerais des blonds, des bruns...

Ce qui, d'ailleurs, est arrivé presque aussitôt ; dès le dimanche suivant, en effet, il se présenta à la maison de tôle plusieurs garçons, quatre ou cinq à la fois, qui ne pouvaient tous venir des fermes environnantes ; il en eut de villages plus éloignés. Comme il faisait beau, ils s'assirent sur un banc devant la maison. La vue de ces garçons endimanchés, assis sans mot dire, m'étonna beaucoup mais je n'en allai pas moins faire une promenade en suivant le chemin de fer vers les petites collines proches de Babcock. Quand je revins, vers la fin de l'après-midi seulement, le banc devant la porte était vide. Mme Toupin me prit à part :

— Vous êtes une drôle de fille, dit-elle, de planter là vos cavaliers. Vous êtes populaire pour le moment, cela se voit ; mais si vous faites tant l'indépendante, cela ne durera pas, croyez-en ma parole.

— Mais comment ces garçons sont-ils mes cavaliers ? ai-je demandé à Mme Toupin ; je n'en avais vu aucun avant aujourd'hui, et comment se sont-ils donné le mot pour venir ensemble ?

— Cela se sait vite par ici, dit Mme Toupin, quand arrive une nouvelle maîtresse d'école, mais j'ai peur que vos manières n'aient éloigné pour longtemps vos freluquets. Vous le regretterez sans doute, cet hiver, car vous n'aurez personne pour vous conduire aux veillées. Les garçons gardent rancune ici.

— Mais qu'est-ce que j'aurais dû faire ?

— Vous asseoir près du garçon qui vous plaisait le mieux, fit Mme Toupin ; indiquer ainsi votre préférence. À présent je crains qu'il ne soit trop tard pour vous reprendre.

Désormais, le dimanche, m'ennuyant un peu, je commençai d'aller faire connaissance, dans l'une ou l'autre maison du village, avec ses gens si ombrageux. La plupart sont devenus mes amis ; un peu partout les femmes me tirèrent les cartes. J'ai très bien compris, dès ce temps-là, à quel point les gens ont besoin d'imprévu, surtout dans un village comme Cardinal où l'imprévu existe à peine. Tout y était constant : les labeurs à un temps fixe de l'année ; en d'autres temps, la torpeur ; et le vent surtout qui gémissait à n'en plus finir ; même les rêves monotones que les cartes révélaient.

Cependant, Mme Toupin m'avait prévenue :

— Votre misère va commencer quand les grands viendront à l'école. Pour le moment, ils aident leurs parents aux battages, aux labours d'automne. Mais vers le mois d'octobre, vous allez voir arriver les *tough*. Je vous plains, ma pauvre petite fille !

Heureusement, ils arrivèrent l'un après l'autre, ce qui me donna le temps de les gagner un à un... et au fond je me demande si les durs ne furent pas les plus intéressants. Ils m'obligèrent à l'habileté, à la justice ; ils m'obligèrent à beaucoup de choses difficiles, c'est entendu ; ils me firent monter sur la corde raide et, quand j'y fus, ils ne me permirent plus d'en descendre. Tout devait être passionnant : l'arithmétique, le catéchisme, la grammaire. Une classe sans enfants rebelles, ce serait monotone.

Ainsi, le village rouge et moi-même, nous gagnions à nous connaître. Moi, je lui donnais tout de même un peu de cet imprévu qu'il aimait plus que tout au monde, et lui, je ne peux l'oublier, il me découvrit la noblesse d'avoir à gagner sa vie. Et puis l'hiver nous arriva très vite !

III

Comme je me souviens de son entrée brutale, par notre grand-route ! C'était un peu avant novembre. Le gel profond, la neige, toute la souffrance de l'hiver accoururent une nuit par ce chemin bas. Le vent les poussait avec des cris et des rafales. Le lendemain, nous étions bloqués. J'eus beaucoup de peine à me frayer un chemin dans les bancs de neige ; j'enfonçais jusqu'aux genoux. Mais je trouvais amusant de laisser derrière moi de grandes traces visibles.

Je vis qu'il n'y aurait pas une forte assistance, ce matin-là ; en fait, à dix heures, il n'y avait encore d'arrivés que les enfants du village. Je pense qu'aux fenêtres ils m'avaient vue passer, que plusieurs alors pensèrent profiter du passage que j'ouvrais ; et ils se hâtèrent, car le vent vite le comblait.

Mais les enfants des fermes ne se montraient pas. Habituée à trente-cinq enfants, je trouvai très sages, presque trop dociles, les douze petits que j'eus autour de moi. Et quand ils eurent dit leurs leçons, qu'ils m'eurent montré leurs devoirs, qu'aurais-je pu faire d'autre que leur conter des histoires ? Car je ne pouvais m'illusionner : souvent encore il y aurait des tempêtes qui retiendraient chez eux les enfants des fermes. Et si je poussais ceux du village, ils auraient une trop grande avance sur les autres ; ceux-ci pourraient se décourager. Bien sûr, il était navrant de profiter de l'absence des enfants de la campagne pour conter des histoires aux autres. Mais c'est ce que je fis quand même.

Nous étions ce jour-là, je me le rappelle si bien, comme isolés du reste du monde dans notre petite école toute chaude. Nous y avions un gros poêle dans la cave et une bouche de chaleur dans la classe. À tout moment, un de mes élèves les plus âgés, le grand Éloi, me regardait en m'adressant une sorte d'interrogation muette. Je lui faisais signe que oui. Alors il tirait une trappe, descendait dans la cave jeter quelques bûches sur le feu ; peu après la chaleur augmentait, cependant qu'au dehors la poudrerie paraissait atteindre plus de violence encore. Un moment, j'ai pensé : « Comme ce serait amusant d'être emprisonnée ici avec les enfants deux ou trois jours de suite, tout le temps peut-être !... »

Je commençai tout de même à m'ennuyer de ceux qui manquaient. Je m'approchais d'une fenêtre, et je tâchais de voir au loin, à travers les hauts tourbillons de neige, l'amorce de la route à peine frayée ; mais à quelques pieds de l'école, on ne distinguait plus rien.

Pourtant, à travers les spirales de neige qui semblaient monter dans une tour, j'ai vu tout à coup quelque chose de rouge, oui, deux longues écharpes dont les bouts envolés au vent, tout à fait comme la neige tournoyaient. Ce devait être le petit Lucien et sa petite sœur, Lucienne — je connaissais bien les écharpes des enfants, et eux en avaient des rouges. Les parents étaient du Morbihan, installés à Cardinal depuis cinq ou six ans ; ils ne savaient ni lire ni écrire.

Les petits arrivèrent presque gelés, les joues en feu. Par précaution, je frottai leurs mains avec des poignées de neige. Je les aidai à se défaire de leurs vêtements raidis sur eux, et je les gardai un bon moment juste au-dessus de la bouche de chaleur. Ensuite, ils sont venus à mon pupitre avec leurs livres de lecture, leurs cahiers.

J'ai su plus tard qu'ils avaient fait ce matin-là une grande colère à leurs parents qui voulaient les empêcher de faire à pied les deux milles jusqu'à l'école.

Avec moi ils étaient dociles. Il y avait, dans leurs yeux fixés sur les miens, une confiance parfaite. Je suppose qu'ils m'auraient crue si je leur avais dit que la terre est peuplée d'ennemis, et qu'il faudrait haïr beaucoup de gens, des peuples entiers...

Mais nous, ensemble, nous avions chaud. Les deux petits répétèrent les mots de leur leçon. Tout près de nous, la tempête comme un enfant incompris pleurait et trépignait à la porte. Et je ne le savais pas tout à fait encore — nos joies mettent du temps parfois à nous rattraper — mais j'éprouvais un des bonheurs les plus rares de ma vie. Est-ce que le monde n'était pas un enfant? Est-ce que nous n'étions pas au matin...

ANNEXES

CHRONOLOGIE DE GABRIELLE ROY

1909   Naissance, le 22 mars, à Saint-Boniface (Manitoba).
1915-1928   Études à l'académie Saint-Joseph de Saint-Boniface.
1928-1929   Études de pédagogie au Winnipeg Normal Institute.
1929-1930   Premiers postes d'institutrice, à Marchand d'abord, puis à Cardinal.
1930-1937   Institutrice de première année à l'institut Provencher de Saint-Boniface (école de garçons); parallèlement, activités théâtrales au Cercle Molière.
Été 1937   Poste temporaire à l'école de la Petite-Poule-d'Eau.
1937-1939   Séjour en Angleterre et en France; études d'art dramatique; voyages.
1939-1945   De retour d'Europe, Gabrielle Roy s'installe au Québec et vit de la vente de ses textes à divers périodiques montréalais, tout en entreprenant la rédaction de *Bonheur d'occasion*; elle habite surtout à Montréal, mais fait de fréquents séjours à Rawdon et à Port-Daniel.
Juin 1945   Publication, à Montréal, de *Bonheur d'occasion*.
1947   La traduction anglaise de *Bonheur d'occasion (The Tin Flute)* est choisie comme livre du mois de mai par le Literary Guild of America; en juin, achat des droits cinématographiques par Universal Pictures; en août, Gabrielle Roy épouse Marcel Carbotte; en septembre, elle est reçue à la Société royale du Canada; en novembre, l'édition française de *Bonheur d'occasion* obtient le prix Femina.

1947-1950	Fin septembre 1947, Gabrielle Roy et son mari partent pour Paris, où ils passeront trois ans ; elle fait des séjours en Bretagne, en Suisse et en Angleterre.
1950	Parution, à Montréal, de *La Petite Poule d'Eau* qui, l'année suivante, sera publiée à Paris et, à New York, en traduction anglaise *(Where Nests the Water Hen)*.
1950-1952	De retour de France, le couple s'installe d'abord à Ville Lasalle, puis à Québec, où Gabrielle Roy vivra jusqu'à la fin de sa vie.
1954	Publication d'*Alexandre Chenevert* à Montréal et à Paris ; l'année suivante, la traduction anglaise paraît sous le titre *The Cashier.*
1955	Publication, à Montréal et à Paris, de *Rue Deschambault*, dont la traduction anglaise paraîtra en 1956 *(Street of Riches)* et obtiendra le Prix du Gouverneur général du Canada.
1956	Gabrielle Roy reçoit le prix Duvernay.
1957	Acquisition d'une propriété à Petite-Rivière-Saint-François, où Gabrielle Roy passera dès lors ses étés.
1961	Voyage en Ungava, puis en Grèce avec son mari ; à l'automne, parution à Montréal de *La Montagne secrète,* dont l'édition parisienne et la traduction anglaise *(The Hidden Mountain)* sortiront l'année suivante.
Hiver 1964	Séjour en Arizona, où elle assiste à la mort de sa sœur Anna.
1966	Parution de *La Route d'Altamont* et de sa traduction anglaise *(The Road Past Altamont).*
1967	Publication d'un texte sur le thème « Terre des hommes » dans un album sur l'Exposition universelle de Montréal ; en juillet, Gabrielle Roy est faite compagnon de l'Ordre du Canada.
1968	Doctorat honorifique de l'Université Laval.
1970	En mars, voyage à Saint-Boniface auprès de sa sœur Bernadette mourante ; à l'automne, publication de *La Rivière sans repos* et de sa traduction anglaise *(Windflower).*
1971	Gabrielle Roy reçoit le prix David.
1972	Publication de *Cet été qui chantait,* dont la traduction anglaise paraîtra en 1976 *(Enchanted Summer).*
1975	Parution d'*Un jardin au bout du monde,* dont la traduction anglaise sera publiée en 1977 *(Garden in the Wind).*

1976	Publication d'un album pour enfants, *Ma vache Bossie.*
1977	Publication de *Ces enfants de ma vie,* qui obtient le Prix du Gouverneur général du Canada et dont la traduction anglaise paraîtra en 1979 *(Children of My Heart).*
1978	Gabrielle Roy reçoit le prix Molson du Conseil des Arts du Canada ; parution de *Fragiles Lumières de la terre,* dont la traduction anglaise sera publiée en 1982 *(The Fragile Lights of Earth).*
1979	Publication d'un second album pour enfants, *Courte-Queue,* qui obtient le Prix de littérature de jeunesse du Conseil des Arts du Canada et paraît l'année suivante en traduction anglaise *(Cliptail).*
1982	Publication de *De quoi t'ennuies-tu, Éveline ?*
1983	Mort, à l'Hôtel-Dieu de Québec, le 13 juillet.
1984	Publication de l'autobiographie intitulée *La Détresse et l'Enchantement.*

ÉLÉMENTS DE BIBLIOGRAPHIE

1. Quelques ouvrages sur Gabrielle Roy et son œuvre

Babby, Ellen Reisman, *The Play of Language and Spectacle : A Structural Reading of Selected Texts by Gabrielle Roy*, Toronto, ECW Press, 1985.

Charland, R.-M. et Samson, J.-N., *Gabrielle Roy*, Montréal, Fides, coll. « Dossiers de documentation sur la littérature canadienne-française », 1967.

Gagné, Marc, *Visages de Gabrielle Roy*, Montréal, Beauchemin, 1973.

Gilbert Lewis, Paula, *The Literary Vision of Gabrielle Roy. An Analysis of Her Works*, Birmingham, Summa Publications, 1984.

Harvey, Carol J., *Le Cycle manitobain de Gabrielle Roy*, Saint-Boniface, Éditions des Plaines, 1993.

Hind-Smith, Joan, « Gabrielle Roy », dans *Three Voices*, Toronto, Clarke-Irwin, 1975, p. 62-126.

Novelli, Novella, *Gabrielle Roy, de l'engagement au désengagement*, Rome, Bulzoni, coll. « I quattro continenti », 1989.

Ricard, François, *Gabrielle Roy*, Montréal, Fides, coll. « Écrivains canadiens d'aujourd'hui », 1975 ; nouvelle édition : Québec, Nota Bene, coll. « Visées critiques », 2001.

Ricard, François, *Inventaire des archives personnelles de Gabrielle Roy conservées à la Bibliothèque nationale du Canada*, Montréal, Boréal, 1992.

Ricard, François, *Gabrielle Roy, une vie,* Montréal, Boréal, 1996 ; nouvelle édition : Montréal, Boréal, coll. « Boréal compact », 2000.

Ricard, François et Jane Everett (dir.), *Gabrielle Roy inédite,* Québec, Nota Bene, coll. « Séminaires », 2000.

Saint-Martin, Lori, *Lectures contemporaines de Gabrielle Roy. Bibliographie analytique des études critiques (1978-1997),* Montréal, Boréal, coll. « Cahiers Gabrielle Roy », 1998.

2. Choix d'études sur *Rue Deschambault*

Bartosova, Marie, « Le discours schizophrène dans *Alicia* de Gabrielle Roy », *Cahiers franco-canadiens de l'Ouest,* vol. 6, n° 1, 1994.

Belleau, André, *Le Romancier fictif,* Montréal, Presses de l'Université du Québec, 1980, chapitres II et III.

Brault, Jacques, « Tonalités lointaines (sur l'écriture intimiste de Gabrielle Roy) », *Voix et Images,* vol. XIV, n° 3, printemps 1989.

Calloud, Jean et Panier, Louis, « Au sujet de l'écriture. Analyse sémiotique de deux nouvelles de Gabrielle Roy [« La voix des étangs » et « Ma coqueluche »] », *Protée,* vol. 2, n° 3, 1983.

Crochet, Monique, « Perspectives narratologiques sur *Rue Deschambault* de Gabrielle Roy », *Québec Studies,* n° 11, 1990-1991.

Dunn-Lardeau, Brenda, « *Rue Deschambault* de Gabrielle Roy : examen des corrections et des variantes d'auteur des avant-textes aux rééditions », dans N. de Faria (dir.), *Language and Literature Today,* Brasília, Université de Brasília, 1996, vol. 2.

Ricard, François, « *Rue Deschambault* de Gabrielle Roy », dans M. Lemire (dir.), *Dictionnaire des œuvres littéraires du Québec,* tome III : *1940-1959,* Montréal, Fides, 1982.

Roberts-Van Oordt, Christina, « D'Odette à Bernadette : la figure de la petite sœur dans l'œuvre de Gabrielle Roy », dans A. Fauchon (dir.), *Langue et Communication,* Saint-Boniface, Centre d'études franco-canadiennes de l'Ouest, 1990.

TABLE DES MATIÈRES

MISE EN PAGES ET TYPOGRAPHIE :
LES ÉDITIONS DU BORÉAL

CE NEUVIÈME TIRAGE A ÉTÉ ACHEVÉ D'IMPRIMER EN AVRIL 2008
SUR LES PRESSES DE MARQUIS IMPRIMEUR
À CAP-SAINT-IGNACE (QUÉBEC).